Diário de uma princesa improvável

Diário de uma princesa improvável

Escrito & ilustrado por
MEG CABOT

Tradução de
MARIA P. DE LIMA

3ª edição

— **Galera** —

RIO DE JANEIRO
2024

CIP-BRASIL. CATALOGAÇÃO NA PUBLICAÇÃO
SINDICATO NACIONAL DOS EDITORES DE LIVROS, RJ

C116d
    Cabot, Meg
3. ed.   Diário de uma princesa improvável / [texto e ilustração] Meg Cabot; tradução Maria P. de Lima. - 3. ed. - Rio de Janeiro: Galera, 2024.
      il. (Diário de uma princesa improvável; 1)

    Tradução de: From the notebooks of a middle school princess
    ISBN 978-85-01-07668-7

    1. Ficção juvenil americana. I. Lima, Maria P. de. II. Título. III. Série.

16-32823   CDD: 028.5
                                                                                                                                       CDU: 087.5

Título original:
From The Notebooks of a Middle School Princess

Copyright © 2015 Meg Cabot

Todos os direitos reservados.
Proibida a reprodução, no todo ou em parte, através de quaisquer meios.
Os direitos morais do autor foram assegurados.

Texto revisado segundo o novo Acordo Ortográfico da Língua Portuguesa.

Ilustrações: Meg Cabot
Projeto gráfico original: April Ward
Adaptação de imagens e composição de miolo: Renata Vidal

Direitos exclusivos de publicação em língua portuguesa
somente para o Brasil adquiridos pela
EDITORA RECORD LTDA.
Rua Argentina, 171 - Rio de Janeiro, RJ - 20921-380 - Tel.: (21) 2585-2000,
que se reserva a propriedade literária desta tradução.

Impresso no Brasil

ISBN 978-85-01-07668-7

Seja um leitor preferencial Record.
Cadastre-se e receba informações sobre nossos
lançamentos e nossas promoções.
Atendimento e venda direta ao leitor:
sac@record.com.br

EDITORA AFILIADA

"Seria fácil ser princesa se eu estivesse vestida com tecido de fios de ouro, mas é um triunfo muito maior ser uma princesa o tempo todo, sem ninguém saber."

—Frances Hodgson Burnett,
A princesinha

Quarta-feira, 6 de maio, 9h45, aula de biologia

O ensino fundamental não tem sido exatamente como eu esperava.

É claro, minhas expectativas eram um pouco altas. Eu tinha ouvido tantas coisas maravilhosas. Todo mundo sempre dizia que "no ensino fundamental você pode fazer isso", "no ensino fundamental você pode fazer aquilo".

Ninguém nunca me disse: "no ensino fundamental, Annabelle Jenkins vai ameaçar bater em você perto do mastro da bandeira por nenhuma razão aparente".

Mas foi exatamente o que acabou de acontecer. Annabelle Jenkins me empurrou no corredor, depois do segundo tempo.

A primeira coisa que pensei foi que devia ser um engano. Alguma vez fiz qualquer coisa contra Annabelle Jenkins?

Por isso que eu disse "Tá tudo bem!" para Annabelle, ao me agachar para pegar as folhas que haviam se soltado do meu fichário. Dei uma olhada e notei que o meu horário cor-de-rosa ainda estava grudado no verso da capa. Ufa!

Sei que é estranho estarmos em maio e eu ainda me preocupar em perder o meu horário, mas não consigo evitar. Você leva uma anotação e perde ponto se perder o horário. Passei o ano todo sem ganhar uma anotação.

Além disso, também gosto de saber que o meu horário está lá dentro do fichário para o caso de eu de repente ter uma amnésia ou algo assim.

– Não se preocupe – assegurei a Annabelle ao me levantar. – Ainda tenho o meu horário.

Então ela fez uma coisa realmente estranha. E quero dizer, realmente, *muito* estranha, principalmente se tratando da menina mais popular e mais bonita do sexto ano da Cranbrook Middle School.

Ela me empurrou de novo!

E fez isso com força. Com força o bastante para eu me desequilibrar e cair de bunda no chão na frente de todo mundo.

Não doeu (mas machucou o meu ego).

Ainda assim, foi totalmente chocante, considerando que eu, até aquele momento, achava que eu e Annabelle éramos amigas. Não *boas* amigas – não nos sentamos juntas para almoçar nem nada disso. Ela é muito seletiva com relação a quem chama para sentar em sua mesa.

Mas certamente não éramos inimigas. Já estivemos na casa uma da outra, porque o meu tio trabalha com o pai de Annabelle. Sempre que vou à sua casa, ela me mostra todos os troféus que ganhou na ginástica olímpica; e quando ela vem na minha casa, eu mostro os meus desenhos da vida selvagem. Annabelle nunca se impressionou muito com isso, mas sempre achei que tudo estivesse bem entre nós.

Mas, pelo visto, não está.

– Não estou nem aí se você perder o seu horário – sibilou Annabelle. – Você se acha o máximo mesmo, não é, *princesa Olivia*?

– Opa – falei, me endireitando. – Annabelle, você está bem?

Perguntei isso porque não conseguia pensar em um motivo para Annabelle Jenkins:

1. Derrubar o fichário dos meus braços.

2. Me empurrar.

3. Me perguntar se acho que sou o máximo.

4. Me chamar de princesa.

Fiquei pensando que talvez ela tivesse descoberto que o seu cachorro tinha sido atropelado ou algo assim e estava descontando em mim. Isso se ela tivesse um cachorro e eu não tinha certeza de que tinha. Não vi um da última vez que fui à casa dela. Gosto de cachorros, então provavelmente teria percebido.

Mas aparentemente eu estava enganada sobre nos darmos bem, porque logo em seguida todos os amigos de Annabelle, igualmente populares e lindos – que haviam se agrupado ao nosso redor para ver Annabelle me humilhar –, riram com ainda mais vontade quando ela me imitou, repetindo a minha pergunta em um tom esganiçado e manhoso que pessoalmente acho que não tem nada a ver com a minha voz.

– *Opa. Annabelle, você está bem?* – Ela apontou para mim, mas olhou para os amigos. – Olivia é tão patética, acha que gosto mesmo dela. Pensa que somos amigas.

A expressão de Annabelle deixava bem claro que não éramos e nunca tínhamos sido amigas. Provavelmente nunca nem nos demos bem.

Então ela se inclinou, deixando o rosto bem próximo do meu, e disse:

– Escute aqui, *princesa Olivia Grace Clarisse Mignonette Harrison*, se esse for mesmo o seu nome verdadeiro, o que eu duvido. Estou cansada de você achando que é tão melhor do que eu. Me encontre no mastro da bandeira hoje, assim que a aula acabar. Vou te dar a surra que você merece. E, se contar para algum professor, vou dizer que foi você quem começou e aí *você* é quem vai ganhar uma anotação.

Daí ela me deu mais um empurrão – não tão forte quanto o último – e, com os amigos rindo logo atrás, sumiu em meio aos alunos assustadoramente altos do sétimo e do oitavo ano, que parecem ocupar muito mais espaço nos corredores que nós, os baixinhos do sexto ano.

Felizmente, àquela altura, a minha amiga Nishi havia chegado.

– O que foi *aquilo*? – perguntou ela.

– Annabelle disse que vai me dar a surra que mereço depois da aula – expliquei. Acho que eu ainda estava meio em choque. Era como se eu estivesse assistindo a mim mesma em um filme. – Ela me chamou de princesa.

– Por que ela chamaria você de princesa? – questionou Nishi. – E por que ela iria querer te dar uma surra? Achei que vocês se dessem bem.

– Eu também – falei. – Acho que ela estava enganada.

– Que estranho. Será que ela acha você metida ou alguma coisa assim?

– Por que ela me acharia metida? – Olhei para baixo, observei minhas roupas, que eram iguais às de Nishi, pois temos de usar uniformes na escola, e isso inclui uma saia. Não sou muito fã dessas saias com pregas. Elas normalmente não deixam a gente muito bonita, segundo as revistas de moda da minha prima Sara. – Eu *pareço* metida?

– Acho que não – respondeu Nishi, enquanto as pessoas passavam rápido por nós, tentando chegar às próximas aulas antes do sinal tocar. – Não mais metida que o normal.

Olhei para ela de um jeito sarcástico.

– Puxa. Obrigada.

– Bom, às vezes pessoas que gostam de esportes acham que pessoas que gostam de desenhar a vida selvagem são...

– Mas nunca fui metida em relação aos meus desenhos! É só um passatempo. Não é como se eu tivesse ganhado prêmios com eles.

– Hummm... Estranho. Talvez você devesse contar a um professor.

– Annabelle disse que, se eu contar, ela vai dizer que fui eu quem começou, para garantir que eu ganhe uma anotação. Passei o ano inteiro sem perder ponto.

– E por que acreditariam em Annabelle e não em você? – perguntou Nishi.

– Provavelmente porque o pai dela é advogado – comentei num tom mal-humorado. – Lembra? Ela está sempre dizendo que ele vai processar a escola se as coisas não forem do jeito que ela quer.

– Ah, certo – disse Nishi, balançando a cabeça. – Esqueci disso. Bom, tenho certeza de que tudo não passa de um mal-entendido. Vamos pensar melhor nisso no almoço. Vejo você lá.

– Até lá – falei, me sentindo pouco esperançosa.

Então nós duas saímos correndo pela multidão, pois não queríamos nos atrasar. Na Cranbrook Middle School, você perde um ponto se chegar atrasado na aula. E se perder muitos pontos, não deixam que passe para o sétimo ano.

Agora estou aqui sentada, ainda tentando entender o que eu podia ter feito para que Annabelle me odiasse tanto e ainda quisesse me dar uma surra.

Mas não estou chegando a conclusão nenhuma.

Nada além do pavor de que, depois da aula, eu vou morrer.

Quarta-feira, 6 de maio, 10h50, aula de francês

A questão é simples: sou completamente normal e entediante. Não parece existir motivo algum para Annabelle me odiar.

Eu: Olivia Grace Clarisse Mignonette Harrison (é o meu verdadeiro nome, independentemente do que Annabelle pense).

Altura: Normal (para a minha idade, 12 anos).

Peso: Normal (completamente dentro dos padrões para alguém da minha altura).

Cabelos: Normais, tanto a cor (castanhos) quanto o comprimento (na altura dos ombros, embora eu normalmente o use preso com tranças porque é mais fácil de controlar, considerando que tem tendência a ficar frisado, principalmente nos dias mais úmidos, o que acontece muito aqui em Nova Jersey).

Pele: Normal (negra, resultado de uma mãe afro-americana e de um pai caucasiano).

Olhos: Normais – não são azuis intensos como os da minha prima Sara, ou marrons escuros, como os de Nishi. Os meus olhos são cor de avelã. Um tom de avelã bem simples e comum. Eles nem mesmo mudam de cor sob a luz, como acontece com os olhos das meninas nos livros, brilhando com a cor de esmeraldas quando estou zangada ou algo assim. Eles são da cor de avelãs o tempo todo.

Tão. Chato.

Só duas coisas a meu respeito não são comuns, mas não acho que sejam o motivo para Annabelle querer me bater.

A primeira delas é o meu nome: Olivia Grace Clarisse Mignonette Harrison (que, por algum motivo, Annabelle pensa ser falso, mas juro que não é).

Não sei por que a minha mãe decidiu me dar tantos nomes do meio, principalmente uns tão bizarros quanto estes. Mignonette é um molho que você pode pedir para temperar ostras em restaurantes.

Eu nem gosto de ostras.

E tem uma princesa famosa, que a minha prima Sara gosta de acompanhar pelos blogs de fofoca, que se chama princesa Amelia "Mia" Mignonette Grimaldi Thermopolis Renaldo, e a sua avó se chama Clarisse, então é como se eu tivesse dois nomes do meio reais (Clarisse e Mignonette), o que preciso admitir que também é meio estranho. Às vezes fico me perguntando se a minha mãe era obcecada por princesas ou algo assim.

Mas não tenho como saber porque ela morreu quando eu era um bebê. Nunca tive a chance de conhecê-la, o que é uma pena, pois ela parece ter sido alguém de quem eu gostaria. Ela era pilota de aviões particulares. Então era ela quem pilotava os jatinhos de outras pessoas.

Mas ela não morreu voando. Morreu quando estava de férias no México depois de um acidente com o seu jet ski.

Eu nunca estive em um jatinho *ou* em uma embarcação particular. A minha tia diz que estas são mais perigosas que aviões privados.

Essa é a segunda coisa não muito normal sobre mim. Como a minha mãe não está viva, tenho de morar com a minha tia, o marido dela e os dois filhos deles, os meus primos postiços Justin e Sara. Eu nem mesmo cheguei a conhecer o meu pai biológico, embora ele me escreva e tal. Respondo as cartas e as endereço para uma caixa postal em Nova York, porque o meu pai precisa viajar o tempo todo a trabalho (o que paga muito bem. Sei disso porque a tia Catherine sempre fica superfeliz com os cheques que ele manda todo mês para ajudar na minha criação, embora ela e Rick, o seu marido, tenham uma empresa de decoração e construção civil muito bem-sucedida).

Por isso nunca o conheci (o meu pai, quero dizer). Uma assistente encaminha para ele as cartas que envio para a caixa postal. Ele mora onde quer que a sua mala esteja, o que normalmente é em algum lugar tipo Costa Rica ou Abu Dhabi (segundo os cartões-postais que ele manda, pelo menos).

É um "ambiente instável para se criar uma criança", de acordo com a minha tia.

A tia Catherine e o tio Rick proporcionam um ambiente estável o bastante para criar uma criança, eu acho. Mas às vezes gostaria de poder morar com o meu pai. Sei que nos divertiríamos muito nas escavações arqueológicas onde ele trabalha, por mais que não existam escolas ou água potável por perto, apenas mosquitos e, segundo um filme que eu assisti, nazistas.

Tudo bem, meu pai nunca *disse* exatamente que era arqueólogo, e a tia Catherine não gosta quando faço perguntas sobre ele, mas tenho quase certeza de que foi assim que ele e a minha mãe se conheceram. Ela só pode ter sido a pilota que o levou para uma de suas expedições.

E provavelmente é por isso que o meu pai só pode se comunicar comigo por meio de cartas. Me ver ao vivo seria doloroso demais, pois o faria lembrar de tudo o que perdeu (não que eu seja bonita como a minha mãe era, afinal tenho uma aparência bem normal, mas a tia Catherine diz que tenho a estrutura óssea da minha mãe e posso vir a ser bonita quando for mais velha).

Apesar disso, está tudo bem. O meu pai me explicou que, se eu me sentisse sozinha ou frustrada, deveria despejar os sentimentos no meu diário (que ele, aliás, me deu – embora eu pareça nunca o ter à mão quando preciso, então escrevo onde dá, tipo no meu caderno de francês, como estou fazendo agora).

O meu pai diz que conhece alguém que teve um diário

por muito tempo e isso sempre a ajudou. Imagino que esteja falando da minha mãe, mas simplesmente não consegue dizer o seu nome (que é Elizabeth) porque a beleza dela o assombra.

Ainda assim, embora eu nunca mencione isso nas cartas para ele, o que na verdade *mais* me frustra é que sou basicamente meio-órfã.

Não que alguém me trate assim, é claro. Ninguém me força a dormir no armário embaixo das escadas como o Harry Potter (nem mesmo *temos* um armário sob as escadas) ou me obriga a varrer as lareiras como a Cinderela (as nossas lareiras funcionam a gás, e o tio Rick as fez automáticas, para que só fossem ligadas com um controle remoto – não que eu tenha autorização para fazer isso).

Tenho o meu próprio quarto e tudo o mais. A tia Catherine e o marido dela me tratam ~~quase~~ como se eu fosse filha deles, então não tenho do que reclamar.

Tirando o fato de que fico triste às vezes por não poder ter um gato ou um cachorro (porque o tio Rick é alérgico e a tia Catherine não quer pelo de bicho preso nos móveis de grife nem no carpete).

Também me deixa meio chateada saber que a empresa dos meus tios, a O'Toole Engenharia e Decoração, foi contratada para construir um shopping novo e sofisticado em um país chamado Qalif, então vamos nos mudar para lá no verão. Embora eu queira ter um espírito aventureiro, como o meu pai, realmente não quero me mudar porque vou sentir falta de Nishi.

Além do mais, já é ruim o bastante ter que usar saia todo dia por ser parte do meu uniforme. A tia Catherine disse que em Qalif as meninas tem que usar saia *o tempo todo* e as mulheres precisam cobrir as suas cabeças. É o costume local.

Acho que eu ia preferir lutar contra os nazistas.

Também me parece um pouco injusto os meus tios dizerem que não posso ter um computador próprio, como Sara e Justin (porque o wifi não chega até o meu quarto), ou um telefone celular (mas a tia Catherine falou que vou poder ter um quando estiver no ensino médio, se eu tiver boas notas).

Eu meio que sinto, sim, que estou perdendo alguma coisa por não estar mandando mensagens de texto para as minhas amigas nem entrando na internet. Sara pode fazer tudo isso e ela só é quatro meses mais velha que eu!

Por outro lado, realmente não ligo por não ter televisão no quarto, como Justin e Sara têm. Quero ser uma ilustradora da vida selvagem quando crescer, então não tenho tempo de ficar vegetando na frente da TV, jogando videogames igual ao Justin ou vendo reality shows igual à Sara. Preciso praticar o meu traço. Os ilustradores da vida selvagem são os que desenham todos os animais que vemos em livros, na internet ou nas mostras do zoológico.

As pessoas não percebem isso, mas bebês cangurus nascem com apenas 2 centímetros, totalmente cegos e carecas. Eles precisam rastejar até a bolsa da mãe, onde ficarão por seis meses até estarem prontos para sair pulando por aí.

Alguém precisa desenhar isso porque a mãe canguru não vai deixar ninguém entrar na bolsa dela para fotografar!

É isso que os ilustradores da vida selvagem fazem. É claro que não sou uma artista profissional ainda, mas fiz um teste gratuito que vi no verso de uma revista quando estava no dentista – do tipo que pede "desenhe a tartaruga Tippy o melhor que puder" – e o mandei. Preciso admitir que nunca esperei ter um retorno.

Então fiquei mais chocada que todos quando a escola de arte ligou do nada lá para casa um dia, dizendo que eles tinham recebido o meu desenho da tartaruga Tippy e acharam que eu tinha "talento de verdade". Queriam me oferecer uma bolsa de estudos!

É claro que desligaram assim que a tia Catherine disse que eu tinha 12 anos.

Mas ainda assim! Daquele dia em diante, eu soube que seria uma artista. Quero dizer, se consigo uma bolsa aos 12 anos, é claro que vou conseguir uma quando for mais velha.

A Sra. Dakota, a professora de artes na escola, concorda. Ela disse que preciso continuar praticando, principalmente perspectiva (que vem a ser a arte de desenhar objetos de um jeito que pareçam ser multidimensionais). A Sra. Dakota me mostrou como criar um ponto de fuga no centro da página, depois mostrou como fazer para que todas as linhas do desenho se encontrem nele. É bem difícil.

Tão difícil que preciso confessar que passo um bom tempo desenhando cangurus, guepardos e os gatos da nossa vizinha, a Sra. Tucker, em vez de praticar perspectiva.

É incrível como a vida toda pode mudar em um dia. Como no dia em que ganhei a bolsa de estudos (embora não tenha podido aceitá-la). Aquele foi um dia realmente muito bom, um dia em que deixei de ser normal para ser não-tão-normal de uma maneira boa, porque alguém achou que eu levava jeito para as artes.

Não um dia como hoje, que está sendo *horrível*.

Eu deveria ter adivinhado que este dia seria horrível no instante que o Sr. Courtney nos entregou aquelas fichas de "Quem sou eu?" para o trabalho de genética familiar na aula de biologia.

O que eu deveria colocar em cor dos olhos do pai – ou em cor dos olhos da mãe do pai? É claro que posso escrever para o meu pai e perguntar, mas quando finalmente receber as respostas, o prazo do

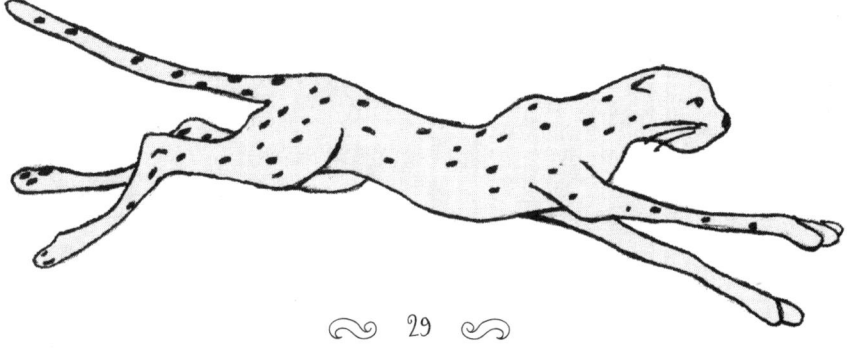

trabalho já vai ter passado e vale 25% da nota! (Embora o Sr. Courtney tenha dito que não tinha problemas deixar algumas coisas em branco. As gêmeas, Netta e Quetta, também não sabem os dados biológicos do pai).

Mas realmente odeio não saber as coisas.

Principalmente coisas do tipo: por que Annabelle Jenkins poderia querer me dar uma surra.

Não faz sentido.

Não faz sentido algum mesmo.

Quarta-feira, 6 de maio, 14h52, aula de estudos sociais

Nenhuma das meninas com quem sento na hora do almoço consegue entender por que Annabelle quer me bater também. Bem, tirando talvez a minha prima, Sara. Mas não concordo com o que ela disse:

— É porque o seu esmalte não combina com a cor dos seus sapatos.

— Ninguém iria bater em alguém por causa disso, Sara — falei.

— Annabelle talvez fizesse isso. — Calmamente, Sara deu um gole no seu refrigerante diet. — Ela presta muita atenção quando o assunto é moda.

Ninguém respondeu ao comentário dela – suponho que tenha sido principalmente porque estávamos todas nos lembrando de como Sara costumava almoçar com Annabelle, até que cometeu o erro de usar um esmalte que não combinava com os sapatos, e Annabelle, profundamente ofendida, a baniu de uma vez por todas da mesa dos populares.

Agora ela almoça conosco, a turma-divertida-mas--nem-sempre-correta-quando-o-assunto-é-moda.

Nishi disse:

– Bom, ainda acho que você deveria contar a um professor, Olivia. Não é como se você já tivesse se metido em alguma confusão antes. É bem mais provável que um professor acredite em você do que nela.

– Mas e o pai de Annabelle? – perguntou Beth Chandler.

– O que tem ele? – retrucou Nishi.

– Já vi os anúncios dele na televisão – disse uma das gêmeas, Netta ou Quetta; não sei distinguir uma da outra, mas finjo que sei. – Ele é bem famoso.

– Por casos de danos pessoais – explicou Nishi. – Tipo se você tiver se envolvido em um acidente de carro ou algo assim. Não por processar escolas.

– Eu não me colocaria contra Annabelle – comentou a outra gêmea. – Ela manda nessa escola.

– Não seja burra – falou Nishi. – Ninguém pode mandar na escola, muito menos uma aluna do sexto ano.

– Annabelle Jenkins pode – respondeu Sara. É claro que ela saberia. – Ela foi convidada para uma festa do sétimo ano no último fim de semana.

Eu queria dizer "Isso não está ajudando!" de um jeito sarcástico para Sara, mas ela não tem senso de humor algum quando o assunto é Annabelle.

Beth Chandler disse que eu deveria fingir que estava com dor de estômago para ir até a enfermaria e fazer com que a enfermeira ligasse para tia Catherine, pedindo que ela fosse me buscar antes da aula terminar.

Mas todas concordamos que isso apenas adiaria o inevitável.

Finalmente, uma das gêmeas disse:

– Por que não conta para o Justin? Assim, se Annabelle chegar perto de você, ele pode te defender.

A sugestão não era muito boa. Eu podia vê-lo sentado com os outros meninos do oitavo ano em uma mesa perto das janelas do refeitório. Eles estavam jogando videogames portáteis, embora o Dr. Bushy, diretor da escola, tivesse dito que se alguém fosse pego com um daqueles durante o horário de aula, o aparelho seria confiscado e a pessoa perderia um ponto.

Mas acho que alunos do oitavo ano não se importam com perder pontos.

– Justin parece meio ocupado – falei.

– E daí? – comentou Nishi. – Ele é da *família*. *Tem* que te ajudar.

Tentei explicar a ela diversas vezes que, ainda que Justin e Sara sejam a minha família, só são porque o pai deles se casou com a minha tia. Não temos o mesmo sangue. São enteados da tia Catherine, o que faz deles meus primos postiços apenas.

Sei que isso não deveria significar que somos menos próximos do que seríamos se fôssemos primos de sangue. Famílias podem ser formadas por todo tipo de pessoas diferentes, muitas das quais não têm nenhuma relação de parentesco. Às vezes não são nem da mesma espécie. A nossa vizinha, a Sra.

Tucker, acredita que os seus gatos são os seus filhos e gosta de tricotar pequenos chapéus para eles.

Mas, na verdade, às vezes sinto que não ter ligações de sangue com os O'Toole importa *muito* para eles.

– Não faça isso. – Sara me alertou enquanto comia o seu sanduíche de pão de arroz e pasta de amendoim com geleia (ninguém na família O'Toole tem doença celíaca ou alergia a farináceos, como Beth Chandler, que não pode comer glúten porque sua garganta fecha e ela precisa ir para o hospital. A tia Catherine só acha que glúten engorda, então em casa não tem pão, macarrão ou biscoito). – Você se lembra do que Justin disse no primeiro dia de aula?

Como poderia me esquecer? No primeiro dia de aula, ele me passou um sermão, que era sobre o seguinte: embora fôssemos frequentar a mesma escola, eu não deveria falar com ele, nem se precisasse de orientação para chegar em algum lugar.

E eu definitivamente *não* deveria contar a ninguém que Justin gosta de cantar as músicas da Taylor Swift no karaokê que temos em casa nem deveria mencionar que ele chorou no fim dos *dois* filmes baseados na vida da princesa Mia da Genovia.

– Ah, Sara, não seja cruel – disse Beth Chandler. – Justin vai ajudar a Olivia, sim. Ele é tão legal!

Só alguém que não precisa morar na mesma casa que Justin diria algo assim. Algumas das meninas acham o meu primo bonitinho, mas só porque:

1. Elas não têm que morar com ele e por isso nunca sentiram o cheiro das suas meias extremamente nojentas e fedidas como eu já senti.

2. Na Cranbrook Middle School, há mais meninas que meninos, então algumas meninas simplesmente acham que QUALQUER menino é bonitinho. Até mesmo Justin.

– Hum – falei. – Tá tudo bem.

– Não, não está tudo bem! – retrucou Beth Chandler. – Fale com ele, Olivia.

– Isso – concordou Nishi. – Você deveria falar, Olivia.

– Não faça isso, Olivia – alertou Sara.

– É uma *emergência* – lembrou uma das gêmeas a ela.

Mas Sara apenas balançou a cabeça e bebeu mais um pouco do refrigerante.

– Ela vai se arrepender – comentou ela.

Mas Nishi, Beth Chandler e as gêmeas imploraram para que eu fosse falar com Justin.

Eu deveria ter escutado a Sara.

Mas que outra escolha eu tinha? Ninguém teve uma ideia melhor, muito menos eu.

Então reuni toda a minha coragem e fui até a mesa onde Justin estava sentado.

Era ele quem estava segurando o videogame portátil. Todos os outros meninos estavam reunidos ao seu redor, olhando para baixo na direção da tela. Eles diziam coisas tipo, "Vai! Vai!" e "Ataca agora". Na verdade, não parecia ser o melhor momento para interrompê-lo, mas, como Netta ou Quetta tinham dito, era uma emergência, no fim das contas.

– Hum, Justin – chamei.

Todos os meninos do oitavo ano olharam na minha direção. Todos menos Justin. Ele continuou jogando.

– Cai fora, Olivia – disse ele.

– Desculpa incomodar você – comecei. Eu percebi que os amigos de Justin tinham desviado o olhar, pois tinham decidido que eu não era digna da atenção deles. O que não era um problema. Eu só queria a atenção de uma pessoa mesmo. – Mas, hum, queria saber se a gente pode conversar em particular?

– Já disse – informou Justin, ainda sem desviar o olhar do jogo. – Cai fora.

– Eu sei – respondi. – Mas é uma emergência. Tem uma menina, Annabelle Jenkins. Sabe que o pai dela é sócio do seu pai, né?

– Advogado – corrigiu Justin, sem olhar para mim.

– Hum, desculpa, isso mesmo. É o advogado dele. Então, ela está dizendo que vai me dar uma surra depois da aula, mas não sei o motivo. Aí, eu estava pensando, se ela tentar me bater, você pode, tipo, me ajudar?

Justin cometeu algum tipo de erro no jogo, e todos os meninos da mesa exclamaram e uns dois o xingaram. Nesse momento, Justin se virou, me olhando irritado, e disse:

— CAI FORA ou Annabelle não vai ser a única pessoa que vai te dar uma surra, Olivia Grace!

Mas o que ele não sabia era que o Dr. Bushy (o diretor) estava bem ali, cumprindo o turno de monitor do refeitório.

Ele ouviu quando Justin gritou comigo. O Dr. Bushy não gosta quando as pessoas gritam no refeitório (ou nos corredores, onde Justin e os amigos normalmente zoam alunos do sexto ano, como eu e Nishi, sem nenhum motivo), então se aproximou na hora.

– O que é isso? O que é isso? – perguntou o Dr. Bushy. – Se vocês não conseguem ser gentis um com o outro, talvez eu deva dar uma anotação aos dois. Isso ajudaria?

Eu quase morri. Uma anotação! Depois de passar o ano inteiro sem ganhar nenhuma!

Justin ficou vermelho e respondeu:

– Não, Dr. Bushy. Isso não ajudaria.

– Certo. Melhor assim – disse o Dr. Bushy. – E quanto a você, Olivia? Quer perder um ponto?

– Não, senhor – respondi, engolindo seco. Eu não conseguia ver Annabelle em lugar algum, mas tinha certeza de que ela estava olhando. – Eu também não quero uma anotação.

– Ótimo! Agora volte para o seu lugar!

Então o Dr. Bushy saiu para gritar com alguns alunos que estavam jogando restos de pizza no lixo da reciclagem em vez de jogar no lixo orgânico.

Voei até o meu lugar, praticamente chorando.

– Ai meu deus! – comentou Nishi. – O Dr. Bushy acabou de te dar uma anotação?

– Não sei – lamentei, enterrando o rosto nas mãos. – Acho que não. Mas talvez sim!

Netta e Quetta deram tapinhas nas minhas costas, murmurando palavras de consolo, e Beth Chandler xingou o Dr. Bushy baixinho. Sara apenas disse "Eu avisei" sobre Justin. E ela parecia meio convencida com a coisa toda.

Por mais que eu não queira um irmão parecido com Justin ou com Sara, às vezes gostaria de ter irmãos. Tenho certeza de que, se tivesse um, ele ou ela iria me proteger numa emergência. Tipo agora, que as três da tarde estão mais próximas a cada golpe do ponteiro de minutos.

Em vez disso, acho que terei simplesmente que enfrentar que o meu primeiro ano no ensino fundamental dois...

Provavelmente vai ser o último.

Quarta-feira, 6 de maio, 15h35, limusine

Sim, você leu certo. Estou escrevendo diretamente de uma *limusine*.

Uma pequena prova de que muita coisa pode acontecer em uma hora. Você pode passar do pior dia da sua vida para o melhor (bom, o segundo melhor; o primeiro foi quando ganhei a bolsa da escola de artes).

Preciso escrever tudo o que está acontecendo ou sinto que pode não ter passado de um sonho. Talvez eu acorde no hospital e a enfermeira me diga que tive uma concussão durante a aula de educação física (apesar de não termos mais esportes de contato na aula de EF da minha escola por motivos litigiosos) e imaginei a coisa toda.

Só que o assento de couro macio no qual estou sentada parece bem real.

E o cheiro do perfume da *princesa da Genovia* sentada ao meu lado parece bem real também.

Acho que *tudo* é real.

Mas talvez o meu pai esteja certo e escrever possa ajudar a dar mais sentido para tudo. Do mesmo jeito que manter o horário colado no fichário faz com que eu me sinta melhor... A diferença é que isso não é o horário das minhas aulas – é a minha vida! E eu não posso colar isso na frente de um fichário porque não *existe* fichário para a vida.

Uma coisa é certa: todos os espaços vazios do meu trabalho sobre "Quem sou eu?" estão sendo preenchidos.

Tá, preciso respirar fundo:

Quando o último sinal do dia tocou, nos informando que estávamos liberados para ir embora (alguns de nós ainda tinham uma surra para levar, cortesia de Annabelle Jenkins), o meu coração estava saltando no peito como se fosse um bebê canguru na bolsa da mãe, mas sem a parte fofa.

Enchi a mochila com todos os livros que eu poderia precisar para fazer os deveres pelas próximas noites (caso eu terminasse parando no hospital) e segui para o pátio, onde devemos aguardar pelos ônibus.

Reconheci algumas pessoas que já aguardavam na fila do ônibus que nos levaria para casa – inclusive Sara e Justin. Justin estava profundamente envolvido em outra partida de seja lá o que for que estivesse jogando no seu videogame portátil agora. Sara fingia não me notar.

Mas Nishi, Beth Chandler e as gêmeas estavam paradas ali perto, olhando nervosamente para o mastro da bandeira.

Quando olhei naquela direção, entendi por quê:

Annabelle já estava lá! Ela esperava por mim, exatamente como disse que faria.

Acho que, no fundo, eu meio que tinha esperanças de que ela tivesse esquecido a coisa toda. Garotas como Annabelle, que estão superocupadas sendo estilosas e ganhando prêmios, devem ter muito o que fazer e possivelmente podem se esquecer de todas as pessoas nas quais prometeram dar uma surra depois da aula.

Mas aparentemente esse não era o caso, considerando que ela estava olhando diretamente na minha direção. Annabelle parecia zangada o bastante para bater em qualquer um, talvez até em um aluno do oitavo ano. Se ela fosse um Hotpocket de micro-ondas (que eu só como quando vou na casa da Nishi, porque eles não têm problemas com glúten), acho que teria uma fumacinha saindo dela. Era esse o nível de irritação de Annabelle.

Comigo. *Eu*, que nunca tinha feito ou dito nada para deixá-la daquele jeito!

Assim que ela me viu, começou a vir na minha direção. Meu coração bebê canguru saltitante deu um último *tum-tum* e depois pareceu morrer dentro do peito.

– Annabelle – disse eu numa última tentativa de me salvar. – Não podemos CONVERSAR sobre isso? Não sei o que fiz para que você ficasse tão zangada comigo, mas...

– Vai lá, Annabelle – gritou alguém próximo de onde Justin estava parado, esperando. – Pega ela!

– Isso, Annabelle! Pega ela!

Olhei na direção de Justin. O rosto dele estava vermelho como um pimentão, mas ele continuava com o rosto inclinado na direção do videogame, fingindo que não tinha percebido o que estava acontecendo.

Mas ele sabia. Eu sabia que ele sabia. Porque, bem ao seu lado, alguns dos amigos dele sorriam ironicamente para mim. Eles sabiam o que estava acontecendo e achavam aquilo engraçado.

Mas não era engraçado. Porque tudo aquilo só estava deixando Annabelle ainda mais decidida a cumprir sua ameaça.

– É mesmo, Olivia? – perguntou ela num tom esnobe ao chegar perto de mim. – *Realmente* não sabe por que isso está acontecendo?

– Hum, não – respondi, tentando ganhar tempo.

Havia professores ao redor (com exceção da Sra. Dakota, que sai cedo às quartas-feiras) e também pais que tinham ido buscar os filhos.

Mas era óbvio que não sabiam o que estava acontecendo. Para eles deve ter apenas parecido que eu e Annabelle estávamos paradas perto do mastro, tendo uma conversa adorável sobre, hum, não sei, esmaltes ou algo assim.

Será que os adultos realmente não sabem que meninas brigam – e brigam de verdade – com os próprios punhos? Pela quantidade de vídeos na internet sobre isso, era de se imaginar que as pessoas já teriam entendido a mensagem.

Talvez todos pensem: *"Não o meu filho!"*, *"Não na nossa escola!"*.

Obviamente, nenhuma dessas pessoas conheceu Annabelle.

– Eu realmente não sei o que está acontecendo, Annabelle – expliquei. – Sempre fomos amigas. Pelo menos, eu achava que éramos.

– Bom, pensou errado – retrucou ela, alto o bastante para que todos os seus amigos de sorrisinhos irônicos pudessem ouvir (mas não alto o suficiente para que chegasse nos professores ou pais, é claro).

– Porque não sou amiga de mentirosos.

– Quê? – Essa era a última coisa que eu esperava ouvir dela. – Nunca menti para você, Annabelle...

– Ah, é? Bom, e a mentira que ouvi você contando quando fomos dormir na casa da Netta e da Quetta na semana passada? Que o seu pai é um arqueólogo famoso, tipo o Indiana Jones?

Senti o meu rosto queimar. Diferentemente do que dizem por aí, pessoas negras *ficam* ruborizadas e até podem se queimar no sol (e ter câncer de pele, se não usarmos protetor solar). Só que, como a nossa pele é mais escura, não é tão fácil de perceber.

– Certo – falei. – Posso ter exagerado um pouquinho...

– Ela nunca disse que ele era *exatamente* igual ao Indiana Jones, Annabelle – argumentou Nishi, me defendendo.

– Porque ele não é – zombou Annabelle. – O pai dela não tem *nada* a ver com o Indiana Jones. Sei porque ouvi o meu pai conversando com o tio dela e, na verdade, o pai da Olivia é um príncipe. *O príncipe da Genovia*, para ser exata!

Não fui a única que pensou que Annabelle tinha começado a alucinar, falando um monte de bobagens. Todas as outras crianças também pareciam achar, considerando o modo como tinham começado a rir.

– Ah é, tá bom – ouvi um dos meninos dizer.

Alguns, que estavam decepcionados porque a briga ainda não havia começado, começaram a gritar:

– Vai pra cima dela, Annabelle!

Óbvio que o que Annabelle estava dizendo não era verdade e certamente não era motivo para ela querer me bater.

Mas, ainda assim, me senti obrigada a me defender e, é claro, impedir que eu levasse uma surra.

– Annabelle – comecei. – Isso é loucura.

– Está chamando o meu pai de louco? – questionou ela, estendendo uma das mãos para dar um empurrão no meu ombro, como tinha feito mais cedo no corredor.

– Não, é claro que não – falei, tentando manter a calma dessa vez. – Só estou dizendo que o seu pai está mal informado. Se o meu pai fosse o príncipe da Genovia, alguém já teria me contado.

Olhei na direção dos meus primos. A expressão de Justin dizia claramente, "O pai *dela*? Um príncipe? Tá bom", enquanto Sara simplesmente parecia estar confusa.

– Viu? – comentei com Annabelle.

Ela revirou os olhos.

– Como eles poderiam ter contado a você? – perguntou ela. – A sua mãe nunca quis que ninguém soubesse, nem mesmo você. Ela tinha medo de que você fosse sequestrada ou algo idiota assim. Para completar, ela queria que você fosse criada como uma criança normal. Como se *você* pudesse ser normal!

Annabelle soltou outra risada de deboche, depois me empurrou de novo.

Mas dessa vez mal notei, porque de repente algumas coisas começavam a fazer sentido: tipo, como a tia Catherine nunca queria falar sobre o meu pai.

E como eu nunca ia visitá-lo nos finais de semanas ou nas férias de verão, como as outras crianças.

E como os cheques que ele mandava para o meu sustento eram bem altos (para um arqueólogo), mas os meus tios não me deixavam ter um celular ou um computador.

Porque se deixassem, e eu tivesse tido tempo ilimitado na internet, poderia ter pesquisado sobre o meu pai e teria descoberto...

– Espere aí – soltei. – Isso *não* pode ser verdade. O meu pai não pode ser o príncipe da Genovia. Porque isso faria de *mim* uma...

– *Princesa?* – zombou Annabelle.

Todos no pátio prenderam a respiração.

– Não – gritei, cambaleando para trás. – *De jeito nenhum!*

– Bom, mas é o que você é, *princesa Olivia*. Devemos todos fazer reverência e nos curvar diante de você agora? Onde está a sua tiara, sua alteza real? Esqueceu lá no *palácio?*

– Não! – Eu não podia acreditar que aquilo estava acontecendo. – Não!

– Ah, qual o problema, sua alteza? – ironizou Annabelle. – A princesinha vai chorar?

– Não! – Embora, na verdade, eu estivesse com um pouquinho de vontade de chorar. Porque tinha percebido que era verdade. Era tudo verdade. Tinha que ser. De um jeito estranho, meio que fazia sentido.

Felizmente, Nishi veio me defender mais uma vez.

– Pare com isso, Annabelle – gritou ela. – Olivia não é uma princesa!

– Humm, é sim – retrucou ela. – Mas não importa, porque vou dar uma surra nela mesmo assim.

Foi então que ela se jogou em cima de mim e, de repente, todos ao nosso redor – com exceção das minhas amigas, é claro – começaram a gritar:

– POR-RA-DA! POR-RA-DA! POR-RA-DA!

Naquele instante, eu soube que ia morrer.

Já vi pessoas lutando em filmes e na televisão. Parece bem fácil quando vemos um ator treinado ou um dublê na cena.

Mas quando *uma pessoa de carne e osso*, que não é uma atriz treinada, mas é a garota mais popular da escola (não me pergunte por quê, pois, na verdade, Annabelle é bem cruel), além de ser uma ginasta treinada, te ataca e depois agarra uma das suas tranças e começa a puxar com *muita força*, não é exatamente fácil revidar.

Achei que fosse um caso perdido até que, naquele exato momento, ouvi uma voz de mulher, audível como um sino, vindo do outro lado do pátio.

– Olivia? – chamou a voz. – Olivia Grace Harrison!

Espantada, eu me virei para olhar – o quanto consegui, considerando que Annabelle ainda puxava a minha trança com força –, e vi a coisa mais espetacular que já tinha visto na vida:

Sua alteza real, a princesa Mia Thermopolis da Genovia.

Quarta-feira, 6 de maio, 16h15, ainda na limusine real

Desculpe, fui interrompida. Pelo visto, quando se é uma princesa, você pode beber quanto refrigerante quiser do minibar da limusine.

DE GRAÇA!

E também pode comer salgadinho de batata e cookies à vontade.

Sei que é estranho estar escrevendo sobre isso num momento desses – e também sei que só estão me dando essas coisas porque mencionei que a tia Catherine nunca me deixa beber refrigerante com açúcar. Ou comer salgadinhos de batata nem cookies.

Mas é tão bom!

Espero que não estejam fazendo isso apenas porque sentem pena de mim. Isso seria *péssimo*. Odeio quando as pessoas sentem pena de mim (porque sou órfã de mãe etc.).

Onde eu estava? Ah, sim, no pátio:

Não preciso explicar como a reconheci. Todos sabem quem é a princesa Mia. Fizeram filmes sobre a vida dela e escreveram livros baseados nos seus diários, e recentemente ela esteve na capa da revista *People* e também na *U.S. Weekly*, na seção "As estrelas são como nós" enquanto comprava papel higiênico (embora seja difícil imaginar uma princesa indo ao banheiro).

Também foi fácil reconhecê-la porque ela estava em frente a esta gigantesca limusine preta com bandeirinhas. E havia um homem ao seu lado, que era quase tão grande quanto o carro (mas ele não era negro, estava apenas vestindo um terno preto e usava óculos escuros e olhava de um jeito furioso para Annabelle).

Não era difícil adivinhar que o homem era o segurança da princesa Mia, embora eu não tivesse certeza.

– Olivia? – chamou a princesa, acenando como se não tivesse certeza de que eu a estava vendo.

Mas eu a tinha visto muito bem. Quem poderia não a perceber parada ali com aquele casaco cor de creme, uma longa e esvoaçante echarpe vermelha e sapatos de salto vermelhos combinando?

Annabelle tinha visto Mia também. Percebi porque ela congelou com a mão bem ali na minha trança.

Todas as demais crianças do pátio congelaram. A maioria dos adultos também, inclusive a Sra. Feinstein, a funcionária do estacionamento, que soprava o seu apito na direção dos ônibus um minuto antes. Todos ficaram apenas ali, parados, congelados, encarando a princesa Mia da Genovia e a sua longa echarpe vermelha, que flutuava na brisa primaveril.

– Hum – disse eu a Annabelle, quebrando o silêncio, de repente. – Acho que aquela moça ali, perto da limusine, quer falar comigo.

Pude ouvir Annabelle engolir seco. Pode ter sido a minha imaginação, mas ela pareceu um pouco assustada, principalmente ao ver o guarda-costas carrancudo da princesa. Até o meu primo Justin e todos os amigos dele estavam olhando para o guarda-costas. Ninguém mais gritava PORRADA PORRADA PORRADA. Em vez disso, um silêncio mortal pairava no pátio. Até os motores dos ônibus tinham parado.

– Tudo bem – sussurrou Annabelle, largando a minha trança.

Quando a princesa Mia chegou até nós, limpei o meu uniforme, que estava um pouco empoeirado depois de eu quase ter sido morta, e disse:

– Oi, sim, sou eu. Eu sou Olivia.

– Ah – respondeu a princesa, sorrindo para mim.

De perto, ela era ainda mais parecida com o que aparenta ser na televisão. Sei que isso soa esquisito, mas foi assim. Foi como ver alguém na TV só que sem a moldura do aparelho ao redor. Ela parecia muito bonita e legal.

Mas talvez eu tenha achado isso porque ela tinha aparecido como um anjo que veio me resgatar da morte certa que eu sofreria com Annabelle Jenkins.

– Olá, sou Mia Thermopolis – continuou ela. – A sua tia Catherine disse que eu poderia vir buscar você na escola hoje.

Eu não sabia como responder àquilo. Por que a minha tia mandaria a princesa da Genovia me buscar na escola? Não fazia sentido algum, mas por mim estava tudo ótimo.

Como se em resposta à minha pergunta silenciosa, a princesa Mia disse:

– Ah, aqui está um bilhete da sua tia. – E me entregou um pedaço de papel.

Dava para perceber que todo mundo estava olhando enquanto eu desdobrava o papel do bilhete da tia Catherine. Alguns não estavam apenas olhando, estavam filmando com o celular. Ninguém nunca havia me filmado antes na vida, com exceção da Sara, que entrou de fininho no meu quarto um dia e enfiou a minha mão em uma tigela de água morna enquanto eu dormia para ver se eu faria xixi nas calças (para a frustração dela, não fiz).

Aquelas câmeras todas estavam me deixando desconfortável. Eu claramente não sou o tipo de menina que as pessoas filmam. Sou uma artista! Ninguém faz um programa de TV chamado *A melhor desenhista da América* ou *Desenhando com as estrelas!* Ver alguém desenhando não é a coisa mais divertida a se fazer, embora, é claro, seja legal ver o que alguém desenhou depois que o trabalho estiver terminado.

O bilhete assinado pela minha tia fora escrito em um papel de carta real da Genovia e tinha uma coroa dourada em relevo no topo. Boa parte do que estava escrito era difícil de entender, mas basicamente dizia que a princesa Amelia "Mia" Mignonette Grimaldi Thermopolis Renaldo tinha permissão para me levar a qualquer lugar que eu quisesse.

Qualquer lugar que eu quisesse?

Ninguém jamais havia me levado a qualquer lugar que eu quisesse antes! Se alguém tivesse, eu teria escolhido ir ao Cheesecake Factory TODAS AS VEZES. Nunca podemos ir lá porque os O'Toole preferem o Olive Garden, pois tem muitas opções sem glúten no cardápio.

Com cuidado, dobrei o bilhete e guardei-o na mochila para não perder. Certamente era uma coisa que eu queria guardar para sempre, como todas as cartas do meu pai.

– Então, você quer vir comigo? – perguntou a princesa.

– Obrigada – respondi, tentando soar o mais digna possível, porque sabia que todos estavam ouvindo. – Eu gostaria muito.

– Ótimo – disse ela, sorrindo. – Vamos.

Sei que não é educado se gabar, mas a sensação de caminhar pelo pátio até a LIMUSINE QUE ME ESPERAVA enquanto Annabelle tinha de esperar pelo ÔNIBUS que a levaria para casa foi muito boa, principalmente depois que ela tentou me bater por nenhuma razão além do fato de achar que sou uma princesa.

(O que aparentemente é uma realidade).

Foi ainda melhor quando Annabelle correu atrás da gente, perguntando para a princesa Mia num tom de voz esnobe:

– Com licença? Com licença, mas é verdade que você é irmã da Olivia?

Irmã?

De tudo que aconteceu até agora, talvez isso tenha sido a melhor coisa:

A princesa Mia olhou para ela e disse, tipo, "Quem é você?"

Isso deixou Annabelle completamente chocada, porque ela pensa que todo mundo sabe quem ela é, só por já ter ganhado tantas medalhas em ginástica olímpica e tal.

Mas a verdade é: tenho certeza de que fora da Cranbrook Middle School (e provavelmente até fora do sexto ano da Cranbrook Middle School) *ninguém* sabe quem é Annabelle Jenkins.

Coitada dela. E cheguei a pensar que *eu* estivesse tendo um dia ruim!

Annabelle gaguejou:

– Eu-eu-eu sou Annabelle Jenkins! O meu pai é Bill Jenkins, advogado do tio da Olivia. Ele é o advogado de danos morais mais bem avaliado de Cranbrook, Nova Jersey. E *ele* diz que...

– Bem, me desculpe, Annabelle – interrompeu a princesa Mia em um tom de voz suave como seda –, mas esse é um assunto de família. Acredito que eu não tenha tempo para conversar hoje. Adeus.

Assunto de família! Sem exatamente admitir, ela tinha acabado de confirmar tudo que Annabelle dissera antes perto do mastro da bandeira.

Eu *sou* uma princesa! E ela é minha irmã!

Se eu pudesse desenhar a expressão no rosto de Annabelle naquele momento, seria uma carinha com olhos vazios e um O de surpresa no lugar da boca. Exatamente assim:

0 0
O

Então a princesa Mia fez um gesto sutil – segurou a minha mão – e, de repente, todo mundo enlouqueceu. Vieram todos correndo na nossa direção, gritando:

– Olivia, Olivia, posso tirar uma selfie com você?

Durante todo o tempo que frequentei a escola em Cranbrook, ninguém jamais pediu para tirar uma selfie comigo, com exceção de Nishi, que tem selfies comigo em todas as suas redes sociais. É claro que eu não posso vê-las porque a tia Catherine não me deixa criar nenhum perfil na internet.

Agora sei o porquê.

Mas aí o segurança da princesa (que agora já sei que se chama Lars) disse "NÃO" para todo mundo num tom bem assustador. Ele gritou até com o Dr. Bushy, que queria uma selfie comigo e com a princesa Mia, e insistia ainda mais que o resto (e como o Dr. Bushy tem uma barriga bem grande, além de tudo, ele conseguiu ir empurrando e abrindo espaço na multidão com mais facilidade que os demais, usando a barriga como um aríete).

Ele pareceu ficar bastante chocado quando Lars gritou com ele – provavelmente porque o Dr. Bushy é quem costuma gritar (e distribuir anotações) na escola. Depois do berro de Lars, o Dr. Bushy só ficou lá parado no meio do estacionamento, segurando o celular e parecendo confuso.

Então, quando me dei conta, *minha irmã* e eu estávamos entrando na limusine, em seguida a porta se fechou e todas as crianças começaram a bater nos vidros do carro, gritando, "Olivia! Olivia, espere!", porque não tinham conseguido tirar nenhuma foto. Aí a *minha irmã*, parecendo um pouco assustada, perguntou:

– Caramba, o que está acontecendo?

–Ah, nada – respondi. – Eles só estão animados. Celebridades não costumam visitar a nossa escola. Na verdade, você é a primeira a vir aqui.

Minha resposta não pareceu deixá-la muito aliviada, principalmente depois que o chofer – tem um chofer! que dirige a limusine, e o seu nome é François – precisou acionar a buzina com toda a força para que todas as crianças saíssem do caminho e nós pudéssemos deixar o estacionamento.

A última coisa que vi ao olhar pela janela foi Nishi, parada na calçada um pouco distante da multidão, acenando para mim.

Eu acenei de volta, mas não sei se ela conseguiu me ver, porque os vidros da limusine são escuros, assim quem está dentro pode ver o que acontece do lado de fora, mas ninguém do lado de fora pode ver o que acontece lá dentro.

Enquanto isso, a princesa continuou se desculpando:

– Sinto muito, Olivia, mas eu nem fazia ideia de que *tinha* uma irmã até poucos dias atrás. E você certamente não deveria ter descoberto *desse* jeito que é... que nós somos...

Eu podia perceber que ela estava bastante desconfortável – o que era meio engraçado: uma princesa que não estava se sentindo à vontade do *meu* lado.

Mas é o que acontece quando se é da realeza: eles trabalham duro. Precisam tentar dar um bom exemplo e fazer com que todos se sintam felizes, enquanto também são corajosos, belos e tal.

Sei disso tudo porque Nishi adora filmes de princesas, então sempre que vou à sua casa, ela me faz assistir a esses filmes (não que seja um grande sacrifício).

Nishi nem liga para o fato de que Annabelle começou a dizer, ainda lá no primeiro ano, que filmes de princesas são para bebês. Nishi diz que a gente gosta do que gosta, então quem liga para o que os outros pensam?

Foi por isso, na verdade, que eu me senti um pouco mal pela princesa Mia. Nos filmes, as princesas vivem sendo sequestradas e depois ficam presas em masmorras até usarem os seus poderes mágicos (ou armas laser) para escapar.

Mas, na vida real, elas não têm poderes mágicos nem armas laser. Só têm seus cérebros (e seguranças e limusines, é claro), que supostamente precisam usar para ajudar a fazer do mundo um lugar melhor. Nada disso é tão fácil quanto parece, principalmente para pessoas como Annabelle, que acham que tudo que as princesas fazem é ficar sentadas, vestindo roupas bonitas, o que está longe de ser verdade.

– Está tudo bem – falei. – Annabelle já me contou. Só que não de um jeito muito legal. Às vezes ela é meio esnobe.

– E é por isso que eu sinto muito – explicou a princesa, parecendo preocupada. – Porque você não fez nada errado!

– Eu sei. A minha mãe... e o meu pai... só estavam tentando me proteger. E entendo os motivos deles depois de tudo o que aconteceu agora – comentei enquanto estendia rapidamente o dedão na direção da escola.

A princesa Mia trocou olhares com outras mulheres que estavam na limusine – acho que devem ser as suas damas de companhia – e disse:

– Sim. Sinto por isso também. Eu deveria ter imaginado e ficado na limusine. Lamento que...

Balancei a cabeça. Continuava sendo engraçado que uma princesa estivesse se desculpando tanto para *mim*.

– Está tudo bem. Então é verdade mesmo?

– Que somos irmãs? Sim, é claro que é verdade.

– Não! Que você vai me levar para onde eu quiser?

A princesa Mia pareceu um pouco mais relaxada, e era isso que eu queria. Ela parecia estar muito tensa e preocupada. Mais tensa e preocupada do que eu! O que é muita coisa, considerando o dia que eu tinha tido até então.

– Sim – confirmou ela, rindo. – Isso também é verdade. Por quê? Tem algum lugar aonde você queira muito ir?

Eu não podia acreditar que ela não soubesse.

– Sim! – gritei. – Quero conhecer o meu pai!

A princesa Mia sorriu.

– Esperava que você pedisse isso.

Quarta-feira, 6 de maio, 16h45, na limusine

EU VOU CONHECER O MEU PAI. EM NOVA YORK.

Desculpe por escrever com letras tão grandes, mas estou muito, muito animada.

Devemos chegar lá em pouco mais de uma hora. Cranbrook, Nova Jersey, fica apenas a 100 quilômetros da cidade de Nova York, mas nunca estive lá. Nishi já foi muitas e muitas vezes com a sua família, e os meus tios vão bastante também – para ver shows na Broadway e jogos de beisebol e para ir a restaurantes chiques e coisas assim. Às vezes eles levam a Sara e o Justin.

Mas eu não. Sempre tive que ficar em casa com a Sra. Tucker, nossa vizinha que tem os gatos, ou na casa de Nishi, porque a tia Catherine dizia que a cidade era muito suja e perigosa para crianças. Por mais que eu não seja exatamente uma criança e que eles levassem a Sara o tempo todo, o que sempre achei meio estranho, afinal ela não é tão mais velha que eu.

Mas agora já estou achando que isso provavelmente teve a ver com o fato de eu ser uma princesa.

Embora a tia Catherine nunca tenha colocado deste modo, é claro. Ela sempre dizia: "Ah, Olivia, a cidade é tão suja" e "Você teria ficado entediada no espetáculo que fomos assistir."

Parece que a minha mãe levava muito a sério isso de manter em segredo a coisa toda de princesa. Ela fez o meu pai prometer que não diria a *ninguém*, nem mesmo à mãe dele (minha avó. Mia diz que ela gosta de ser chamada de Grandmère, que é avó em francês).

– Não acredito que ele não *me* contou – repetia a princesa Mia. – Gostaria de ter sabido antes, porque sempre quis ter uma irmã.

– Eu também!

A única coisa que eu sempre quis, e agora isso se realizou!

E, no fim das contas, eu e a princesa Mia temos muito em comum:

Ela também tem um diário. Mia me viu escrevendo neste caderno e perguntou se eu estava fazendo o dever de casa. Então expliquei que não estava, que o meu pai tinha me dito para escrever o que eu estava sentindo quando começasse a ficar sobrecarregada.

Daí Mia ficou com uma expressão engraçada e comentou:

– Hummmm, acho que sei de onde ele tirou essa ideia.

– De onde? – questionei, surpresa.

– A minha mãe me disse para fazer a mesma coisa quando eu tinha a sua idade.

– Sério? – perguntei.

– Sim – afirmou ela e sorriu. – Então, o que mais você gosta de fazer além de escrever no seu diário?

– Gosto de desenhar. – Mostrei a ela algumas das minhas ilustrações de animais.

– Uau! São muito bons! Você deve ter herdado esse talento da sua mãe, porque eu não sei desenhar nada.

– Ah, isso não é verdade – garanti. – A minha professora de arte, a Sra. Dakota, diz que qualquer um pode desenhar se praticar um pouco todo dia. Agora ela quer que eu treine perspectiva. Diz que é fácil com prática. Mas por mais que eu venha praticando e praticando, parece que ainda não consegui acertar.

A princesa Mia olhou novamente os meus desenhos.

– A perspectiva me parece boa. Melhor que a minha, disso tenho certeza.

– Ah – respondi, sentindo que tinha ficado corada. – Acho que não.

Ela sorriu.

– A primeira coisa que vai precisar aprender, Olivia, se quer levar a sério esse negócio de ser princesa, é como aceitar um elogio. Quando alguém diz algo gentil para você, não se coloque para baixo. Diga apenas "obrigada". Experimente.

Fiquei ainda mais vermelha.

– Obrigada.

– De nada – respondeu ela, rindo. – Viu? Não foi tão difícil, foi? É como o que a sua professora de artes disse sobre perspectiva: quanto mais praticar, mais fácil vai ser.

Franzi o cenho.

– Nunca pensei desta forma.

Eu só tinha dito "acho que não" porque não queria parecer esnobe como Annabelle tinha me acusado de ser.

Mas acho que dizer "obrigada" quando alguém te elogia não parece esnobe. É a coisa mais educada a fazer.

Então, para mudar de assunto, mostrei à princesa Mia o meu trabalho de "Quem sou eu?" (não que eu goste de fazer dever de casa, é claro, mas o prazo de entrega era amanhã) e ela começou a me ajudar a preenchê-lo, dizendo que ficaria feliz em responder qualquer pergunta que eu pudesse ter sobre os nossos ancestrais genovianos...

Só que aí ela recebeu um telefonema e disse que sentia muito, mas que precisaria atender.

Eu disse que entendia. Ser princesa não é nada fácil realmente.

O problema é que tenho algumas perguntas para as quais acho que a princesa Mia não teria resposta, tipo:

Se a minha mãe queria tanto manter a minha linhagem real anônima para mim, por que me deu o nome de tantas princesas da Genovia?

Será que pela mesma razão pela qual a tia Catherine tinha dito que o "sonho" da minha mãe era que eu aprendesse francês? Teria sido por isso que ela tinha me falado para pegar essa aula na escola em vez de espanhol, como quase todo mundo? Na Genovia, eles falam francês.

Não consigo evitar pensar que tudo isso tem a ver com o fato de que a minha mãe pretendia me contar a verdade um dia e iria comigo para a Genovia. Só que ela morreu antes de ter essa chance.

Pelo visto, a vontade dela de me fazer aprender francês já está sendo algo bom. Não quero bisbilhotar, mas consigo entender um pouco do que a princesa Mia está dizendo ao telefone (em francês).

Eu provavelmente deveria interrompê-la e mencionar que faço aula de francês. Mas não quero ser grossa. E, também, o assunto é meio interessante.

Uma das damas de companhia dela (Tina) deixou que eu usasse o celular extra (parece que quem é da realeza é tão rico que tem dois aparelhos).

– Assim você pode jogar um pouco e não vai ficar entediada durante a viagem – disse ela, gentilmente. Mas acho que era mais para que pudessem conversar entre elas.

Em vez de jogar, vou mandar uma mensagem de texto para Nishi (ela me ensinou como fazer isso, caso eu tivesse o meu próprio telefone um dia e, obviamente, sei o telefone dela de cor porque só posso ligar para ela do telefone que fica na cozinha).

Nishi nunca vai acreditar em nada disso!

< NishiGirl   **Olivia >**

> Oi, Nishi. Sou eu, Olivia! Estou usando o celular de uma das damas de companhia real ;-)

> AIMEUDEUS! Q bom q vc tá bem! Eu tava tão preocupada! A polícia chegou depois que vc saiu!

< NishiGirl   **Olivia >**

> A polícia? Por quê? Para prender Annabelle? HA HA HA.

Ha, não, mas deveriam. Não acreditei quando ela te atacou!

> Obrigada por me proteger.

Quando precisar. A polícia chegou porque ninguém entrava nos ônibus!

> Sério???

Sério! O Dr. Bushy ficou tão zangado. Acho que foi ele quem chamou, mas Quetta disse que foi Annabelle. Ela é tão imatura. Então, é verdade???

> O que é verdade?

O que Annabelle disse: Que vc é uma princesa!!!!!!!!

< NishiGirl **Olivia >**

> Ah. É.

> Como você pode estar tão calma com isso????

> Não estou, pode acreditar! Já estou tendo lições de princesa!

> Onde???

> Na limusine!

> Como é aí?????

> É legal. Posso comer todos os salgadinhos e beber quanto refrigerante quiser!
> E o teto acende e fica todo rosa e roxo e verde quando você aperta um botão.

> Incrível!

< NishiGirl **Olivia >**

> Pois é, mas minha irmã pediu, por favor, que eu parasse de apertar porque ela estava ficando enjoada.

Como é a sua irmã???

> Ela é superlegal. Mas não acho que esteja acostumada com crianças de 12 anos. Ela me perguntou se eu queria ir na loja da American Girl para tomar chá!

HA HA HA!!!!! Vc disse a ela q não tem uma boneca American Girl e q tem 12 anos, e não 7?

> Não! Eles são da REALEZA. Estou tentando ser educada.

Pior que eu super iria!!!

◀ NishiGirl　　　　　　　　　　　　　Olivia ▶

> Sei que iria. Afinal você almoçou no restaurante do castelo da Bela e a Fera na Disney no último Natal e tirou uma foto com a Fera.

É A MINHA FOTO DE PERFIL!!!

> Eu sei. Então, Nishi, a minha irmã está no celular, e não consigo entender tudo que ela está dizendo, porque está falando em francês, mas acho que a ouvi dizer a palavra "roubar".

Acho que você deve maneirar nos salgadinhos.

> Ela não estava falando de mim! Acho que era sobre a tia Catherine e o tio Rick!

EU TE DISSE q achava estranho eles terem 2 Ferraris. A maioria das pessoas não tem dinheiro nem para uma.

> Eles não são ladrões de carros!

< NishiGirl   **Olivia >**

> Como vc sabe? Eles têm muitas ferramentas.

> As ferramentas são da empresa de engenharia e decoração!

> Sabia que tinha algo de estranho com essa história de vc se mudar para um lugar onde todos precisam cobrir os rostos! Eles estão fugindo!

Eu amo a Nishi, mas às vezes ela consegue ser tão dramática. Acho que é porque vive com a avó que vê muitos filmes de Bollywood. Os filmes são ótimos, só não muito realistas. Nunca vi uma sala cheia de gente começar a dançar a mesma coisa ao mesmo tempo.

> Os homens em Qalif não precisam cobrir os rostos, Nishi, só as mulheres. Esqueça o que eu disse.

> OK, mas não diga que não avisei. Para onde vc vai agora? Tomar chá no café da loja da American Girl?

< NishiGirl   Olivia >

> Ha ha. Não. Vou conhecer o meu pai! EM NOVA YORK!

☺☺☺☺☺☺☺☺ !!!!!!!!!!!!!
ESTOU TÃO FELIZ POR VOCÊ!

> Eu sei! FINALMENTE VOU CONHECER O MEU PAI!!!

AIMEUDEUS, isso é tão legal. É a coisa mais legal de todas. Posso contar pra todo mundo?

> Acho que todo mundo já sabe dessa coisa de ser princesa.

Não, sobre o seu pai. E eles não sabem de verdade sobre a parte da princesa. Vc acabou de confirmar!

> Bom, acho que a Princesa Mia confirmou quando apareceu de limusine na escola. Mas OK, acho que você pode contar.

< NishiGirl　　　　　　　　　　　　　　**Olivia >**

> Oba!!! Mal posso esperar para ver a cara da Annabelle amanhã quando ela souber!

> Por quê?

> Porque agora você é oficialmente uma princesa! E ela vai morrer de inveja!

> Nishi, Annabelle odeia princesas, lembra? Ela não tem INVEJA de mim.

> Dã! Ela odeia princesas porque sabe que nunca será uma, nem mesmo por dentro. Pessoas q são tão esnobes e malvadas quanto ela são sempre muito inseguras. Por isso ela queria bater em vc.

> Hum, tenho quase certeza de que não foi por isso...

> Pode acreditar, foi por isso, sim. Sou uma expert em princesas. Reconheço uma pessoa que odeia quando vejo uma.

Sei que Nishi gosta de pensar que é uma expert em princesas, mas está enganada. Annabelle Jenkins, a garota mais popular do sexto ano da Cranbrook Middle School, nunca vai sentir inveja de mim.

Ops...

Chegamos.

Quarta-feira, 6 de maio, 18h30, Plaza Hotel

Quando o meu pai não está na Genovia, sendo o príncipe, ele fica no Plaza Hotel da Quinta Avenida, que é o lugar que tem os quartos mais caros de Nova York, e provavelmente do mundo, de acordo com o que a tia Catherine me disse.

Eu acredito! Tudo aqui é muito chique. Na verdade, me sinto bastante desarrumada de uniforme escolar, especialmente com essa saia xadrez horrorosa, que possivelmente vai ficar famosa agora, depois de tantas pessoas tirarem fotos minhas ao sair da limusine.

E isso porque *alguém* publicou na internet fotos da princesa Mia comigo em frente à minha escola e a marcaram como sendo a minha irmã!

Hummm, fico imaginando quem poderia ser esse *alguém*... não, estou sendo sarcástica. Tenho certeza de que foi Annabelle.

De todo modo, isso deu uma pista para a mídia e todos os jornalistas que existem (aparentemente) apareceram na frente do Plaza.

– Isso vai ser ruim – comentou a princesa Mia quando paramos em frente ao tapete vermelho que levava até a entrada do hotel.

Eu tinha de concordar com ela. Nunca, NA MINHA VIDA, eu tinha visto tantas pessoas segurando câmeras quanto vi na frente do hotel! A princípio achei que fosse algum tipo de estreia de cinema ou algo assim...

Mas, quando a limusine parou e um homem de uniforme verde com brocado dourado chegou até a porta do carro para abri-la, e ouvi as pessoas que seguravam as câmeras gritando o *meu* nome, eu soube: não era uma estreia de cinema. Aquelas pessoas estavam ali por minha causa. POR MIM!

E não estavam apenas gritando o meu nome, mas também um monte de perguntas e algumas delas não eram muito agradáveis (ou verdadeiras). Tipo:

1. Como me senti ao ser "abandonada" pelo meu pai rico e branco?

2. Eu achava que tinha sido abandonada por eu ser negra?

3. Me chateava saber que os meus pais nunca tinham se casado?

4. Quem eu iria processar primeiro?

5. O que eu faria agora que era princesa? Iria para a Disneylândia? (Tá, essa pergunta foi meio engraçada. Nem *todas* as perguntas eram maldosas).

A princesa Mia ouviu as perguntas grosseiras também. Eu sabia porque ela parecia zangada. A sua boca ficou pequena e as sobrancelhas se inclinaram para baixo.

– Hum – falei, olhando para todos os repórteres. – Talvez devêssemos voltar outro dia.

– Não – respondeu ela, estendendo as mãos para ajeitar o nó da minha gravata da escola. – Vai ser sempre assim. Sinto muito, mas acho que você vai ter que se acostumar. Não precisa respondê-los se não quiser. Na verdade, recomendo que não responda. Apenas sorria e acene.

– Sorrir e acenar? – Eu estava um pouco chocada. Não achava que as pessoas que estavam perguntando aquelas coisas, as perguntas maldosas que nem eram verdadeiras, mereciam um sorriso, muito menos um cumprimento. – Sério?

– Sim. – Ela me mostrou como dar um sorriso aberto e acenar usando apenas a mão, e não o braço inteiro, porque assim é menos cansativo. – Isso, assim mesmo – disse Mia quando eu tentei. – Em seguida sorria assim. – Ela ficou com um sorrisão congelado no rosto.

Eu tentei, embora parecesse bem falso. Não entendia como alguém poderia achar que aquele era um sorriso verdadeiro.

– Assim?

– Maior – disse ela, ainda acenando e sorrindo, mas sem mover os lábios enquanto falava. – Assim, isso aí. Perfeito. Você nasceu pra isso.

Eu disse a ela que não *sentia* que tinha nascido para isso, então ela me deixou treinar por mais um ou dois minutos. Dentro da limusine, não tínhamos com quem treinar sorrir-e-acenar com exceção de François e Lars, porque já havíamos deixado as damas de companhia nas suas casas, então sorrimos-e-acenamos para os dois mesmo. Lars pareceu bem impressionado e me instruiu sobre mais algumas coisas.

– Pronta? – perguntou ele, finalmente, e a princesa Mia olhou para mim.

Dei de ombros, embora o meu estômago estivesse cheio de nós, e coloquei a mochila nas costas, desejando que ela fosse um escudo mágico como os que algumas princesas guerreiras dos filmes de Nishi têm. Mas escudos mágicos não existem.

– Acho que sim.

– Ótimo – disse Lars. – Um, dois, *três*.

No "três" nós descemos da limusine e nos apressamos pelo tapete vermelho e pelos degraus até chegar na entrada do hotel. Na verdade, eu mal conseguia enxergar onde estava pisando com todos aqueles flashes espocando. Se a princesa Mia não estivesse segurando o meu braço, eu teria tropeçado e caído de cara no chão.

Felizmente, os repórteres estavam sendo contidos pelos porteiros do hotel (e até mesmo por alguns policiais). Todos gritavam "Princesa Olivia! Princesa Olivia! Aqui!", e eu não conseguia ouvir nada além disso.

Quase olhei na direção deles, embora Lars tivesse dito para não o fazer. As instruções dele na limusine foram:

1. Não olhe.

2. Não responda às perguntas de ninguém.

3. Não aceite nenhum presente que alguém tente dar a você.

4. Mesmo que veja a sua melhor amiga parada no meio da multidão, não vá até ela.

Pensei em Nishi e no quanto eu estava sentindo falta dela (apesar de termos nos falado há pouco por mensagem), então perguntei a ele por quê.

– Porque se o fizer, todos ficarão ao redor dela para tocar em você. Haverá correria, a barricada vai ceder e a sua amiga vai ser pisoteada – explicou ele. – Se quiser vê-la ser pisoteada, tudo bem.

– Hum... Acho que não, obrigada – falei.

– Se a sua amiga realmente quiser te ver, a forma mais segura é marcar um horário.

Acho que isso é ser princesa. Pessoas perguntando coisas maldosas e esperando que você responda. Você não pode mais subir na sua bicicleta e ir até a casa da sua amiga porque vai atrair uma multidão (ou será sequestrada). Em vez disso, "é preciso marcar um horário" para encontrar as pessoas.

Mesmo assim, eu ainda queria muito poder dividir com Nishi o que estava acontecendo (apesar das perguntas cruéis).

Então, quando cheguei ao fim da escadaria, me virei e tirei uma foto de todas aquelas pessoas gritando.

Mal posso esperar para ver o que ela vai dizer quando eu mandar a foto.

O interior do Plaza é o lugar mais chique em que já estive na VIDA. O pé direito deve ter mais de 30 metros e os lustres são feitos de cristal de verdade e OURO. Provavelmente 100 por cento. Eu não conseguia parar de olhar para tudo aquilo. Estava me sentindo tão deslocada! Havia até uma moça tocando HARPA em um lugar que a princesa Mia (ainda acho estranho chamá-la de minha irmã) me contou que se chama Paço da Palmeira.

– Você tem sorte de não irmos lá – comentou ela a caminho dos elevadores. – Fazem você comer sanduíche de salada de ovo.

– Eu gosto de sanduíche de salada de ovo – falei. – Gosto de qualquer tipo de sanduíche, contanto que tenha glúten.

– Ah – disse ela. – Bom, então vamos lá depois e você vai poder comer quantos sanduíches de salada de ovo quiser.

Exceto pelos repórteres malvados, é como se eu tivesse morrido e ido para o céu.

No elevador, havia um homem cujo emprego é apenas *trabalhar no elevador*. Ele o leva para cima e para baixo o dia todo, assim as pessoas ricas não precisam se cansar apertando aqueles botões todos.

Posso apostar que ele fica enjoado. Olhei ao redor, mas não vi nenhum vômito. Provavelmente tiram o balde quando não tem ninguém olhando.

– Olá, Lyle – disse a princesa Mia para o homem do elevador. – Gostaria que conhecesse a minha irmã, Olivia.

– Olá, princesa Olivia – respondeu ele, assentindo ao apertar o botão que indicava "CO". A princípio, pensei, "Por que ele vai me levar para a Classe de Oratória? A aula já havia terminado fazia horas!". Daí percebi que CO devia significar outra coisa.

– Espero que a visita seja boa – comentou Lyle.

– Obrigada – respondi, educadamente. – Também espero.

O elevador levou um tempo até chegar na CO e, quando as portas se abriram, não havia sinal de um pátio escolar. Em vez disso, chegamos a um corredor com carpete vermelho e paredes brancas com detalhes dourados. Um letreiro na parede indicava, em letras douradas e elegantes, *COBERTURA*. Então é *isso* que CO quer dizer. Cobertura!

Eu nunca tinha estado em uma cobertura, mas sabia de tanto ver televisão na casa de Nishi que era o apartamento mais elegante do prédio. Ficava também no último andar, o que significava que era a parte mais cara. É claro que príncipes são muito ricos, pois economizaram o dinheiro da família por centenas de anos, o que era outra razão para eu ter ficado tão zangada com os repórteres lá embaixo ao perguntarem sobre o meu pai ter me "abandonado", quando, na verdade, ele enviava cheques altos (e cartas pessoais) todos os meses e havia sido um pedido da minha mãe que eu não ficasse sabendo sobre a minha herança real.

Então, enquanto andávamos pelo longo e silencioso corredor repleto de vasos compridos com rosas brancas de verdade, notei que uma porta estava aberta lá no fim e que parada na entrada estava uma senhora branca que reconheci de algumas das revistas nas quais havia visto a princesa. Mas nunca me preocupei em ler nada sobre ela, porque ela parecia muito chata.

Só que a princesa Mia parecia ter bastante medo da mulher. Ela se endireitou para ficar com a coluna mais ereta e segurou a bolsa com força.

– É ela então? – perguntou a senhora antes mesmo de termos chegado ao fim do corredor.

– É ela, Grandmère – respondeu a princesa Mia num tom de voz bem-educado.

Eu mal podia acreditar! *Essa* era a minha avó, a princesa viúva Clarisse Renaldo? Ela não se parecia nadinha com nenhuma avó que eu já tivesse visto! Não era gentil e fofa como a avó de Nishi, que ama cozinhar e contar histórias sobre a sua vida quando morava na Índia, de onde a família de Nishi é.

A mãe do meu pai é alta e magra, estava usando um terninho púrpura com uma pele num tom ainda *mais escuro* nos punhos das mangas (e eu tinha quase certeza de que não era pele falsa, o que não era ecologicamente muito correto, pelo que havíamos aprendido na escola) e as suas unhas eram compridas e afiadas e o longo cabelo branco estava preso para cima em um grande coque.

Além disso, não tenho certeza, mas acho que ela pode ter desenhado as sobrancelhas com um lápis preto, e ela usava cerca de um milhão de anéis gigantes que pareciam ter diamantes e rubis e pérolas e esmeraldas de verdade. Na verdade, eu *sei* que são reais porque ela é uma princesa!

Mia me cutucou nas costas e, de repente, me lembrei do que ela havia me ensinado no carro a dizer e fazer quando conhecesse a minha avó.

– É muito bom conhecê-la, v... isso é um *poodle* miniatura?

Eu não tive a intenção de dizer a última frase, mas não pude evitar!!! Do nada, enquanto eu fazia uma reverência, vi aquela pequena nuvem branca com um narizinho preto, espreitando entre os pés da Grandmère.

– Eu amo poodles! – gritei. – É a raça mais inteligente de cachorros. E são também ótimos nadadores.

Não tinha planejado começar a gritar tudo o que sabia sobre cachorros na frente da minha nova avó real.

Mas gosto muito, muito mesmo, de cachorros, quase tanto quanto gosto de cangurus. A tia Catherine nunca deixou que a gente tivesse um (não um canguru, é claro, mas um cachorro, ou um gato, ou até mesmo um porquinho da Índia).

– Sim – confirmou a minha avó, bastante séria. – Poodles *são* muito inteligentes, não é mesmo? Você sabia que eles foram usados como cães de guarda na linha de frente durante a Segunda Guerra Mundial?

– Sim – respondi. – Li tudo sobre eles. Eles também não trocam o pelo. – Eu havia tentado usar esse argumento com a tia Catherine muitas vezes para convencê-la a nos deixar ter um poodle, mas nunca funcionou.

– Interessante. A minha *outra* neta só gosta de gatos.

Grandmère olhou na direção da minha irmã, que disse:

– Não gosto *só* de gatos. Mas eu só *tive* um gato. Grandmère, agora podemos entrar e...?

Grandmère abriu a porta para que entrássemos e eu não acreditei no que vi lá dentro.

Além do piso ser de mármore branco com veios negros, como em um museu, havia antiguidades por todo canto! Não estou falando de qualquer antiguidade, como pinturas em paredes – embora houvesse muitas destas, com pequenos barcos velejando, frutas e belas moças de perucas, em molduras douradas –, mas também:

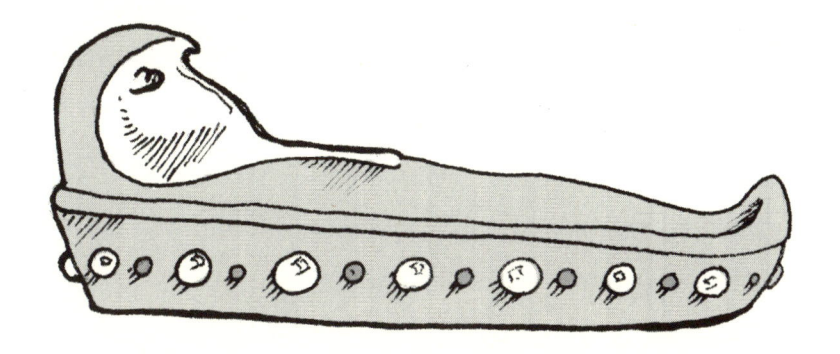

1. Uma águia de verdade mumificada em um sarcófago egípcio.

2. Presas de narvais, que estão praticamente extintos, e tenho quase certeza de que é ilegal ter qualquer coisa relativa a eles fora de museus.

3. Um grande piano branco.

4. Uma armadura.

Até a mobília na qual nos sentamos é antiga, além de ser mais elegante que qualquer coisa que a tia Catherine tem, e todos os seus móveis vêm diretamente de Manhattan, de lojas de design.

Eu encarava a vista do Central Park através das grandes janelas – que, na verdade, eram portas que levavam até a varanda – sem acreditar que a minha avó morava em um prédio tão chique que tinha porteiro *e* ascensorista, quando *outro* cão veio correndo para a sala, vindo de outra parte do apartamento. De cara eu soube que também era um poodle, mas esse era bem mais velho que o branco. Era tão idoso que praticamente não tinha pelo e se parecia com um velho enrugado, mas ainda era muito adorável, é claro.

O cachorro velho estava latindo e rosnando, como um cão de guarda, ao correr até onde eu estava. Mas quando sorri e me abaixei para olhá-lo nos olhos, ele travou e ficou me encarando.

– Bem, olá – falei. Era difícil não rir diante de um cachorro tão pequeno que claramente se considerava feroz.

Foi então que ele pôs as patinhas nos meus joelhos e começou a lamber o meu rosto, com o rabo branco balançando tão depressa que parecia um borrão.

– Oi – cumprimentei, pegando-o e aninhando-o nos meus braços para que ele pudesse me beijar mais. – Como você está? – Embora fosse muito enrugado e parecesse nu sem os pelos, ainda era bem macio e quente.

– Rommel? – Grandmère soou chocada. – O que há de errado com esse cachorro?

– Não há nada de errado com ele – comentei.

– Ele nunca deixa *ninguém* o pegar desse jeito.

– Ah, me desculpe. – Iniciei o movimento para pôr o Rommel no chão, mas a minha avó disse: – Não, não. Está tudo bem. Se ele gosta de você, ele gosta de você. Quer um drinque?

– Grandmère – ouvi a minha irmã chamar da sala ao lado. – *Ela tem 12 anos.*

– Quis dizer um aperitivo, é claro.

Já existiu uma garota tão sortuda quanto eu no mundo? Descobri que tenho:

1. Uma irmã.

2. Uma avó.

3. E dois poodles adotados.

E tudo isso no mesmo dia!

Justo quando pensei que as coisas não ficariam melhores, eu me vi correndo atrás de Bola de Neve (é a poodle menina, que ainda tem pelo. A minha avó disse que eu poderia dar um nome a ela, então escolhi Bola de Neve). Passei por um cômodo cheio de livros, onde havia um homem branco e careca parado, mexendo no celular, e eu soube na hora – apenas soube – que era o meu pai.

(Bem, eu sabia também porque tinha visto fotos do príncipe da Genovia nas mesmas revistas nas quais vi fotos da princesa Mia e da vovó, e o homem que estava à mesa era igual ao cara das fotos. Um pouco menos malvado, talvez, porque agora estava sem bigode).

Ao me ver, uma expressão estranha tomou o seu rosto e ele disse:

– Barry, vou ter que te ligar de volta depois. – Então ele pôs o telefone no bolso e perguntou: – Olivia?

Eu nem parei para pensar. Porque quando você vê o seu pai pela primeira vez na vida, não tem nem o que pensar. Você simplesmente corre até onde ele está e joga os braços ao seu redor abraçá-lo, por mais que, por ser um príncipe, ele esteja obviamente usando medalhas militares.

– Ouch – exclamou ele, porque bati a cabeça no estômago dele com muita força, eu acho. Mas ele me abraçou de volta, dizendo: – É muito bom finalmente conhecer você.

– Você nem imagina. – Descansei a bochecha na barriga macia dele e senti o seu cheiro de pai, que é um misto de enxaguante bucal com o couro do cinto dele (o qual segura a sua espada) e sei lá qual sabão que o hotel usa.

– Imagino, sim – comentou o meu pai. – Bom, sinto muito que tenha demorado tanto. Foi ideia da sua mãe isso de você não saber a verdade e a gente não ter nenhum contato. Ela se preocupava com você crescer sob os holofotes da vida de celebridade.

– Eu sei – respondi, ainda o abraçando. – Já conheci os repórteres lá embaixo.

– Sinto muito que isso tudo estej...

Eu podia ouvir o estômago dele digerindo o que quer que ele tenha comido no almoço. Era um som reconfortante, mas mesmo assim, me senti mal por ele. Depois desses anos todos, ele ainda parecia visivelmente devastado pela morte da minha bela mãe.

Bom, quem não ficaria? Ela era uma moça incrível. Eu esperava que me ver não fosse muito doloroso para ele. Me perguntei se eu deveria sugerir à princesa Mia que tirássemos a espada dele só para garantir.

– Esse foi mais um motivo para a sua mãe achar que seria mais seguro se você não soubesse – continuou ele. – A imprensa pode ser tão invasiva. Você tem o direito de crescer sem ser assediada. E, pelo que sei, você já estava sendo incomodada na escola antes mesmo de descobrirem...

Finalmente, eu o soltei.

– Sim – falei, levantando o rosto para olhá-lo. – Mas a mãe da princesa Mia não quis o mesmo para ela? E ficou tudo bem com ela. Acho que vou ficar bem também.

Ele pousou as mãos sobre os meus ombros e disse com um suspiro:

– Sim, Olivia, concordo com você. Parece ser uma menina muito especial. Mas não foi fácil para Mia e não vai ser fácil para você também.

– Eu sei – afirmei. – Mas sou mais durona do que pareço. Até já aprendi a sorrir e acenar. Veja.

Mostrei a ele o sorriso e o aceno que Mia tinha me ensinado, embora o resultado tenha sido arruinado por Bola de Neve, que escolheu aquele momento para pular em cima de mim, porque como ainda é filhote, não foi propriamente treinada.

– Não, Bola de Neve – pedi, segurando as patas da frente dela e apertando de leve. – Desça. – Coloquei as patinhas de volta no chão para que ela soubesse que "desça" significava manter as patas ali. É assim que se treina um filhote. Vi uma vez em um programa de televisão.

– Acho que deve ter sido difícil para você – comentou o meu pai, pensativo – viver com os O'Toole sem poder ter um... bichinho de estimação. – Não era uma pergunta.

– Own – exclamei. Eu não queria que ele se sentisse mal ao saber como as coisas tinham andado péssimas ultimamente, principalmente com Annabelle e tal, então peguei Bola de Neve no colo e enfiei o rosto no pelo macio e gostoso dela para escondê-lo. – Foi tudo bem. E pelo menos agora tenho... Bola de Neve.

– Que bom que você gosta dela – disse ele. – Porque no futuro talvez a visite com muito mais frequência. Olhe, eu estava pensando se você não quer vir morar conosco.

Quarta-feira,
6 de maio, 21h45,
Plaza Hotel

Dizer que fiquei chocada com aquela pergunta seria o maior eufemismo do universo. Eu estava tão surpresa que meio que derrubei Bola de Neve (bem, não derrubei, mas deixei que ela escorregasse dos meus braços, e ela foi parar no chão de mármore com uma expressão confusa).

Tive de me sentar antes que acabasse indo parar no chão junto com ela.

Acho que o meu pai deve ter percebido o meu susto, porque me pegou pelo braço e me guiou para o sofá de couro marrom. Ele fez com que eu me sentasse e depois se sentou ao lado.

O sofá era supermacio e extremamente confortável. Estava claro que Bola de Neve também achava isso, porque ela subiu nele e deitou em uma almofada do nosso lado.

– Não vou ficar chateado se você disser não – disse ele rapidamente. – Por favor, não se preocupe com isso. Entendo totalmente se você preferir ficar com a sua tia Catherine. Afinal, foi com ela que você viveu esse tempo todo.

Eu não disse nada em resposta àquilo. Mas foi porque eu não tinha certeza se conseguia falar, ainda estava tão surpresa.

E também feliz.

– É claro que há algum tempo venho querendo que você more comigo – continuou ele. – Mas, como a sua tia sempre mencionou, isso teria interferido no desejo da sua mãe. Uma criança precisa de estabilidade e também de uma mãe, e eu nunca tive condições de te oferecer uma coisa nem outra no passado. Mas acho que a sua tia e até mesmo a sua mãe concordariam que as coisas mudaram bastante recentemente. E vão mudar mais ainda em breve...

Olhei na direção dele, esperançosa.

– Vão mudar? Como?

– Bom, primeiramente, entendo que os seus tios estão com planos de se mudar com você para Qalif. Isso é inaceitável e eu simplesmente não vou permitir. Em segundo lugar, gostemos ou não, foi revelado que você é princesa da Genovia. Não podemos fazer mais nada em relação a isso. E, por fim, a sua irmã, Mia, vai se casar e...

– Ela vai? – Eu não queria interromper, mas era uma notícia surpreendente.

– Sim, vai. E ela e o marido irão morar na Genovia, então a objeção de longa data da sua tia de que não haveria influência feminina na casa é discutível.

Eu só fiquei olhando para ele. Não conseguia acreditar que aquilo tudo estivesse acontecendo. Era como um sonho bom.

– Você quer que eu vá morar com você na Genovia? – perguntei.

– Sim – afirmou ele. – Você sabe onde fica?

Concordei com a cabeça. Eu tinha olhado no celular da amiga da princesa Mia.

– Fica entre a França e a Itália.

– Bem, mais ou menos – explicou ele. – É bem pequeno, mas tem a melhor média de temperatura da Europa, estando situado de modo tão idílico na Riviera...

Antes que eu pudesse fazer outra pergunta, a porta da biblioteca se abriu e a minha avó entrou, seguida por um garçom segurando uma imensa bandeja de prata.

– Nem imagino quando foi a última vez que essa criança comeu alguma coisa – comentou ela. – Então pedi um lanchinho pelo serviço de quarto. Se conheço bem Amelia, tenho certeza de que tudo que ela deu para você comer, Olivia, foi porcaria do minibar da limusine.

Eu não conseguia ver o que havia de errado naquilo, mas, ainda assim, fiquei bem animada quando o garçom pôs a bandeja de prata em uma grande e antiga mesa de café em frente ao sofá. Os meus olhos se arregalaram quando vi o que era o "lanchinho" que o serviço de quarto tinha preparado:

- Tigelas com morangos frescos cortados, biscoitos amanteigados, trufas de chocolate e nozes.
- Um prato com bolinhos coloridos.
- Pratos com três tipos diferentes de queijos, incluindo um tipo cremoso e macio.
- Um prato com diversos sanduíches de carne – presunto, salame, rosbife e peru, além de salmão defumado.
- Pequenos copinhos prateados com mostarda, maionese, raiz forte e cream cheese, com pequenas colheres prateadas combinando.
- Uma cesta repleta de fatias de pão branco, integral, de centeio, alemão e francês, e ainda diversos bagels.

Vindo de uma casa onde não se consumia farinha, ver tanto glúten junto quase me fez chorar de alegria.

– Vossa alteza – disse o garçom, me oferecendo uma elegante taça de cristal que estava cheia até a boca com um líquido espumoso e marrom. – Achocolatado.

Havia um canudo no copo. Do tipo sinuoso!

– Obrigada – falei num gritinho. Não acho que teria conseguido dizer nada diferente, mesmo que conseguisse pensar no que dizer.

– Obrigada, George – respondeu a minha avó. – Isso é tudo.

O garçom fez uma reverência e saiu.

– Bem – continuou ela, sentando com uma graça elegante no sofá ao lado do papai e pegando um pequeno prato, no qual começou a colocar fatias de presunto. – Você perguntou a ela, Phillipe?

– Sim – respondeu ele. – Perguntei.

– E? – A minha avó repousou o prato de presunto no chão para que os cachorros comessem. – O que ela disse?

– Ela ainda não teve a oportunidade de dizer nada, mãe. Acho que está em choque. Onde está Mia?

– Onde você pensa que ela está? No celular com aquele namorado dela.

– Ele é noivo dela agora, mãe.

Tomei um gole do achocolatado. Estava bem gelado. Quando engoli, disse:

– Acho que *estou* mesmo em choque. Esse é o melhor achocolatado que já tomei na vida.

– É mesmo? – A minha avó parecia estar muito interessada naquilo. Ela preparava um segundo prato, desta vez com rosbife. – Pela bebida ou por causa do seu pai? Você sabia que ele sempre quis que você morasse com ele? A sua mãe simplesmente não deixava. Por minha causa, é claro.

– Mãe – disse ele num tom de advertência.

– O quê? – perguntou ela, dando de ombros. – É verdade. Sou uma péssima influência. A mãe de Amelia pensa o mesmo. Mas Olivia tem idade suficiente agora e duvido que seja moralmente corrompida pelos meus modos escandalosos...

– Mãe! – O meu pai parecia muito sério agora. Ele esticou a mão e pegou o prato com rosbife no qual a mãe dele alimentava a nova cachorrinha.

– Viu? – disse a minha avó para mim enquanto Bola de Neve engolia o pedaço de carne que já estava na sua boca. – Sou incorrigível.

– Bem – falei. – De certa forma, é mesmo. Não deveria dar comida de gente para os cachorros, principalmente assim, da mesa. Provavelmente é por isso que o pelo do Rommel está caindo.

Os olhos dela se arregalaram. Eram azuis, como os do meu pai.

– É mesmo? Eu acho que não. Saiba que eu estava passeando com um cachorro muito parecido com o Rommel no dia em que conheci o seu avô. Eu estava passando pela Champs-Élysées com um ardiloso vestidinho que tinha guardado para uma ocasião como aquela, era cor-de-rosa e de seda, é claro, e eu usava sapatos que tinha tingido para que combinassem, além de um *adorável* chapéu que eu havia comprado...

– Mãe – disse o meu pai, mais sério que nunca.

Ela saiu do transe.

– Bem – retrucou ela. – A menina *perguntou*. Eu só estava...

– Ela não perguntou, na verdade. A questão, Olivia, é que... – começou ele, me entregando um prato no qual colocara um bagel cheio de cream cheese com uma fatia de salmão defumado por cima, além de um morango bem gordo e um biscoito amanteigado. – Ainda não discutimos nada disso com a sua tia Catherine. Na verdade, ela nem sabe que você está aqui, só que está com Mia...

Opa! Então eu sabia algo que tia Catherine não sabia!

É claro que não demoraria muito para que ela soubesse. Tudo que precisava fazer era checar o noticiário – ou a internet. Eu tinha certeza de que, assim que os repórteres lá embaixo publicassem as minhas fotos, a tia Catherine ficaria espantada – assim como o tio Rick, a Sara e o Justin.

– Pensamos que não teria sentido contar a ela – continuou o meu pai –, não antes de sabermos se você estaria interessada...

– Genovia é o melhor lugar do mundo para se viver – interrompeu a minha avó, colocando um dos bolinhos na boca. – Para começar, andar de iate é divino. E, é claro, a comida é de matar. Você não viveu verdadeiramente até experimentar o *choux a la créme* do Alberto's...

– Seria uma grande mudança – prosseguiu o meu pai, ignorando a mãe. – Você teria de morar em um palácio e não em uma casa...

– Mas é tão melhor morar em um palácio – argumentou a minha avó. – Você pode entregar o lixo a um servente em vez de ter que o levar com as próprias mãos até a rua.

Meu pai a encarou.

– Por acaso alguma vez na vida você precisou lidar com o próprio lixo, mãe?

– E, é claro, se você morar conosco, terá o seu próprio pônei, Olivia – continuou ela. – Eu tinha um pônei adorável quando tinha a sua idade. Chamava-o de Zip. Ele comia maçãs diretamente da minha mão. Sou extremamente alérgica a pelagem de cavalo, claro, e chorava litros quando ele estava por perto. Mas valia muito a pena. Eu o amava tanto.

– Você teria que trocar de escola – disse papai, como se a minha avó não estivesse dizendo nada. – Mas...

– Mas a Academia Real da Genovia fica na mesma rua do palácio – interrompeu novamente a minha avó. – É uma escola realmente excelente, com os próprios estábulos, nos quais você pode aprender a montar, além de ter padrões bastante elevados para a admissão. Eles não deixam *qualquer um* entrar, como as escolas públicas na América são forçadas a fazer.

– Não sei se eu conseguiria entrar em uma escola com padrões tão rigorosos – comentei, sem graça, porque não queria desapontá-los. – Quero dizer, a tia Catherine testou e minha inteligência é apenas mediana.

O meu pai e a minha avó trocaram olhares.

– A sua tia disse isso a você, Olivia? – perguntou ele. – Que você era mediana?

– Não – respondi. – A minha prima Sara que disse. Ela ouviu a minha tia e o pai dela conversando. Mas sei que é verdade. Porque não estou em nenhuma aula avançada. Quero dizer, tiro boas notas, mas tenho que estudar muito. A verdade é que eu... Bom, sou totalmente comum. Não há nada de especial em mim. Nada mesmo.

Eu me senti nervosa admitindo aquilo, mas precisava contar a eles, afinal em algum momento descobririam mesmo.

– Com exceção de desenhar... – acrescentei, lembrando-me no último instante. – Eu desenho muito bem, segundo a minha professora, a Sra. Dakota. Mas preciso treinar perspectiva. Fui até aceita em uma escola de arte, com bolsa. Mas a tia Catherine disse que eu era muito nova.

A minha avó se iluminou.

– Você claramente herdou isso de mim. Sempre fui um primor em desenho. E, quer saber, a Academia Real da Genovia tem um programa de arte excelente. Eu não deveria me gabar, mas o famoso Picasso me viu desenhando uma vez, na Rue de Rivoli, em Paris. Lembro-me de estar usando uma calça de algodão que mandei fazer em uma adorável loja, em Capri; terei que levar você lá quando ficar mais velha, ainda não tem corpo, é claro. Então, o grande mestre se ofereceu para...

O meu pai a cortou:

– Não, ele não fez isso, mãe. – Para mim, ele disse: – Não acho que seja mediana, Olivia. Não acho que haja nada mediano em relação a você.

– Eu acabei de conhecê-la – comentou a minha avó – e não acho que seja nem um pouco mediana também. Ninguém mediano conseguiria que Rommel fizesse *isso*. – Ela apontou para o poodle sem pelos, que estava enroscado na minha cintura, dormindo profundamente e usando a minha coxa como travesseiro. – Rommel detesta todo mundo.

– Inclusive eu – comentou o meu pai.

– Inclusive Phillipe – concordou ela.

– Mia também acha que você é especial, Olivia – continuou ele. – Na verdade, todos nós achamos você especial e seria uma honra se viesse morar conosco, pelo menos por parte do ano. Mas entenderíamos se você preferisse ficar com a sua tia.

– Fale por si – disse a minha avó, tomando um gole do que quer que fosse que ela estava bebendo. – Eu jamais entenderia. Acho que seria um grande desperdício e, sendo bem sincera, um verdadeiro desastre.

– A sua avó tem uma tendência a exagerar – disse papai –, como você vai perceber conforme a conhecer melhor.

– Imagino que poderíamos ir a Nova Jersey visitar você – afirmou ela, mas não me pareceu muito entusiasmada em relação a essa parte. Pronunciou

"Nova Jersey" como se fosse uma doença que ela esperava não pegar. – Mas a Qalif não. Rommel não se dá bem com altas temperaturas.

– Rommel não se dá bem com temperatura *nenhuma* – afirmou o meu pai, num tom amargo. Para mim, ele disse: – Por que não pensa um pouco sobre isso? Quer mais achocolatado?

Balancei a cabeça. Ainda estava tão pasma, que não sabia o que pensar.

Então, em vez de pensar, peguei o bagel que o meu pai havia preparado para mim e dei uma mordida. Havia tanto tempo desde que eu tinha comido pão pela última vez que quase tinha me esquecido de como era gostoso.

Daí me lembrei de uma coisa e, depois de engolir, disse:

– Pai?

Ele tinha acabado de dar uma mordida no bagel dele.

– Humm? – respondeu.

– Como você sabia que eu gostava de salmão defumado e cream cheese no meu bagel? – perguntei.

– Ah, essa é fácil – disse a minha avó enquanto o meu pai lutava para mastigar antes de responder. – É o favorito dele também.

Pelo visto, é possível herdar mais da sua família que apenas a cor dos olhos e talento para desenhar. Também é possível herdar tronos e o gosto por salmão defumado.

Quarta-feira, 6 de maio, 23h00, Plaza Hotel

Já passou há muito tempo da minha hora de deitar (que é às 21h30, em Cranbrook), mas não consigo dormir. Estou animada demais!

Além disso, estou dormindo em um lugar novo... o quarto de hóspedes da minha avó na cobertura do hotel em Nova York!

Eu nunca dormi em uma cama tão grande, sob um dossel tão elegante, entre lençóis tão confortáveis e vestindo pijamas tão chiques (que a minha avó havia me emprestado. Eles eram de seda e tinham a letra "G" bordada... de Genovia. São pijamas de princesa! Nishi morreria de entusiasmo).

Mas nenhuma dessas coisas teve a ver com a minha decisão:

Vou me mudar para a Genovia.

Não me entenda mal: é claro que é maravilhoso dormir com pijamas de seda e em uma cama de dossel (com um adorável e peludo filhote de poodle branco ao lado).

É ótimo pensar que não só terei o meu próprio pônei um dia, mas também uma chance de entrar em uma universidade de artes, sem nem precisar de bolsa.

Mas, além de tudo isso, ainda ganhar um pai, uma avó e uma irmã que realmente *se importam* comigo?

Desculpe. Não dá para competir.

Não quero que a tia Catherine se sinta mal por eu decidir ir morar com meu pai, minha avó e Mia (que, logo descobri, é do tipo que adora abraçar. Ela me abraçou com tanta força antes de voltar para o próprio apartamento hoje à noite que achei que fosse quebrar as minhas costelas. De um jeito bom!).

Mas tenho certeza de que a tia Catherine vai entender. Ela tem a empresa de engenharia e decoração para se preocupar, além do tio Rick, da Sara, do Justin e de todas as maravilhosas oportunidades que esperam por eles em Qalif. Provavelmente vai se sentir aliviada quando descobrir que não irei com eles!

Por outro lado, certamente sentirei falta de Nishi. Mas o meu pai disse que ela pode ir me visitar quando quiser!

Não consigo imaginar como vai ser difícil começar o ensino fundamental de novo, em um lugar que não conheço ninguém, em um novo país, onde falam outra língua totalmente diferente (e do qual eu por acaso sou a princesa).

Mas na Genovia, pelo menos, não terá a única coisa de Nova Jersey da qual eu DEFINITIVAMENTE jamais sentirei falta: Annabelle Jenkins.

Esse foi mesmo o melhor dia da minha vida.

Talvez seja por *isso* que eu não consigo dormir! Não quero que este dia termine nunca.

Quinta-feira, 7 de maio, 11h24, Bergdorf Goodman

A essa hora normalmente estou na aula de francês na escola

Mas, em vez disso, estou em uma loja de departamento elegante escolhendo peças para um novo guarda-roupa completo, porque a minha avó disse que os olhos do mundo estão em mim agora e é a minha vez de "brilhar" (o que não é nada assustador).

(Tá, é um pouco assustador. Tivemos que evitar a entrada do hotel e sair pela cozinha só para evitar os paparazzi, que *ainda* estão lá na frente esperando! É insano).

Acho que em algumas horas já aprendi mais coisas sobre ser uma princesa do que aprendi sobre falar francês em cinco anos nas aulas.

Tipo, quando se é uma princesa, não se deve dizer "O quê?" caso não tenha entendido alguma coisa.

Você deve dizer: "Perdão?" ou "Com licença?".

Além disso, sendo uma princesa, é grosseria colocar catchup nas coisas antes de as ter experimentado. É um insulto ao chef. É preciso provar primeiro, e *aí* decidir se a comida não tem "tempero suficiente" para o seu gosto.

Só então você pode pedir catchup, que descobri que o serviço de quarto precisa trazer lá de baixo, o que realmente demora muito para quem está ficando na cobertura.

Eu não sei como vou me lembrar dessas coisas todas, e por isso é bom ter esse caderno para escrever tudo, principalmente considerando que de manhã, quando acordei, nem sabia onde estava!

Mas logo olhei para baixo e vi Bola de Neve enrolada perto da minha cabeça e Rommel esticado perto dos meus pés e o sol brilhando pelas janelas elegantes que dão em uma sacada com vista para o Central Park – o Central Park, em *Nova York*! –, então me lembrei de tudo que tinha acontecido e fiquei tipo: "Estou na casa do meu pai! Com a minha avó! E esse é o cachorro dela e esse é o outro cachorro dela, que não tem pelo, e eles querem que eu vá morar com eles na Genovia, país do qual sou também uma *princesa*!"

Daí eu quase caí e morri de ataque cardíaco. Mas, felizmente, eu ainda estava na cama, e a queda não foi muito grande.

Eu podia sentir o cheiro de torradas (torradas de verdade!), então corri para escovar os dentes, depois me vesti para ir até a sala de jantar. Lá estava a minha avó, lendo o jornal, de robe e de frente para uma mesa com comida que não acabava mais, incluindo:

- Pilhas e pilhas de waffles dourados e quentinhos;
- Um monte de chantilly;
- Potes de morangos vermelhos e reluzentes;
- Jarros de prata cheios de xarope de bordo de verdade;

- Taças de cristal com suco de laranja;
- Ovos cozidos e tiras de torrada, que eram chamados de ovos e soldados.

Eu nunca tinha comido esse último item antes, mas você faz o seguinte: abre a casca do ovo cozido no topo e mergulha um pedaço de torrada amanteigada na gema mole e morna. É a coisa mais deliciosa do mundo (bem, depois dos waffles).

No fim das contas, nem precisei do catchup.

Enfim, enquanto eu aproveitava o café da manhã mais farto que tive na vida, com Bola de Neve ao lado, a minha avó abaixou o jornal e disse:

– Seu pai tem uma vídeoconferência com o parlamento genoviano e a sua irmã tem um compromisso particular. Então vou levar você para fazer compras.

– Compras? Mas e a escola?

– Escola? Por que está preocupada com a escola? Você não decidiu que quer ficar em *Nova Jersey*, não é?

– Vó – falei –, Nova Jersey é a minha cidade natal. Eu nasci lá. Você tem que parar de falar desse jeito.

– Que jeito?

– Como se fosse um palavrão.

Ela deu de ombros e passou um pedaço de bacon para Rommel, que estava agachado ao lado da cadeira dela.

– Certo. Se você ama tanto *Nova Jersey* e quer viver lá pelo restante da vida em vez de conhecer o mundo e ter novas experiências, quem sou eu para impedir?

– Eu não disse isso. Decidi que quero morar na Genovia com você, o meu pai e a princesa Mia. Mas...

A minha avó quase sorriu, mas não chegou a isso. A boca dela não se mexe tanto assim. A princesa Mia me disse que é porque ela "fez muitas coisas no rosto".

– Bom, sendo assim, por que está preocupada com a sua antiga escola? Você vai estudar na Academia Real da Genovia de agora em diante. Mas, como ainda não a matriculamos, não podem realmente considerar que está faltando aula.

– Sim, mas ainda estou matriculada na minha escola antiga e, se eu não for hoje, vou levar uma marcação de falta sem justificativa e ganhar uma anotação.

– Uma anotação? – perguntou ela, espantada. – Simplesmente por aproveitar um dia de compras com a sua avó?

– Fazer compras não é uma falta justificável. Justificável seria como aconteceu com Nishi quando a avó dela ficou doente com apendicite e teve que ir para o hospital. Nishi pôde faltar aula para visitá-la, porque era uma emergência. Fazer compras não é uma emergência.

– Com certeza, é – retrucou a minha avó, parecendo ofendida. – Não podemos mais permitir que você saia por aí usando *isso*. – Ela apontou para o meu uniforme. – Os paparazzi certamente irão fotografá-la de novo hoje e irão pensar que estamos maltratando você ao fornecer apenas uma roupa. Como isso não é uma emergência?

Aí ela me mostrou a primeira página do jornal que estava lendo.

– Sou EU! – gritei, deixando cair a torrada (mas estava tudo bem, porque Bola de Neve e Rommel a apanharam, embora a parte com manteiga estivesse virada para o chão).

– Sim – confirmou ela. – É você. E aqui também. – Ela levantou outro jornal da pilha ao seu lado e me mostrou de novo a primeira página.

SENSAÇÃO DO SEXTO ANO!
PEQUENA PRINCESA DE NOVA JERSEY É A SEGUNDA HERDEIRA DO TRONO GENOVIANO

Felizmente dessa vez eu não estava segurando nenhuma comida que pudesse deixar cair.

– Uau! – Foi tudo que consegui pensar em dizer. Não consegui deixar de me perguntar se Annabelle Jenkins tinha visto o jornal. Se tivesse visto, eu tinha certeza de que estava bem incomodada com aquilo. Devia ter sido de matar o fato de que *eu* estava sendo chamada de sensação do sexto ano e não ela.

Mas nem todos os jornais tinham manchetes tão lisonjeiras sobre mim (espero que Annabelle não tenha visto *estes*). Alguns repórteres ainda estavam escrevendo coisas maldosas, tipo que o meu pai tinha me "mantido escondida em Cranbrook" de propósito por tantos anos, para que a mãe dele, as pessoas da Genovia e a imprensa não soubessem de mim, porque eu era o seu "segredo vergonhoso".

Não foi nada disso que aconteceu! Bem, foi – definitivamente eu tinha ficado escondida em Cranbrook, mas não por ser um "segredo vergonhoso".

A minha avó deve ter notado que eu estava ficando chateada, pois ela disse:

– Parte do trabalho de ser da realeza é receber muita atenção da imprensa. O seu rosto na capa de qualquer jornal ou revista ajuda nas vendas. Mas não pode esperar que tudo que vai ser escrito sobre você seja positivo.

– Mas algumas coisas nem são *verdade*!

Ela pareceu entretida.

– Minha querida, sendo parte norte-americana, você deve saber que o direito a expressar a sua opinião é garantido por algo chamado a Primeira Emenda. Até que se prove que essas opiniões são, na verdade, incorretas, eles podem expressá-las o quanto quiserem.

Eu sabia disso, mas ainda assim não parecia justo.

– Bem, nós podemos então, por favor, provar que as opiniões deles estão erradas?

– É claro. Na hora certa, vamos fazer uma declaração. Enquanto isso, temos que levar você para fazer compras. Quando parecemos bem, nos sentimos bem. E ninguém pode se sentir bem-vestida *assim*. – Ela apontou para a minha saia.

– Tudo bem, vó – respondi com um suspiro. – Mas, como eu disse, tenho certeza de que o Dr. Bushy não vai considerar comprar roupas uma desculpa justificável para faltar.

– Por favor, diga-me: o que é um *bushy*?

– Quem é, e não o que é, vó. Ele é o diretor da minha escola. Eu gostaria de provar às pessoas que me odeiam que elas estão incorretas, por isso queria deixar a Cranbrook sem nenhuma anotação, se você não se importar.

– É Grandmère em vez de vó. E não seja ridícula. Princesas não podem ganhar anotações. Mas vou telefonar para esse tal Bushy, se você está tão preocupada, e explicar a situação.

A minha vó, quero dizer, a Grandmère falando com a secretaria da minha escola provavelmente foi uma das coisas mais estranhas que já presenciei, e olha que vi um bocado de coisas estranhas nas últimas 24 horas.

– Olá, é da Cranbrook Middle School? – perguntou Grandmère depois que fiz a ligação para ela (porque ela não é muito boa em usar telefones, nem mesmo os normais). – Ah, sim, estou muito bem. E você? Aqui fala a princesa viúva Clarisse Renaldo da Genovia, ligando em nome da minha neta, princesa Olivia Grace Clarisse Mignonette Harrison. Eu gostaria de falar com o Dr. Bushy, por favor? Perdão? Ele está em reunião? Bom, por favor, diga a ele que a minha neta não poderá comparecer à aula hoje, pois ela precisa urgentemente de roupas novas. Obrigada.

Tenho quase certeza de que a Sra. Singh, a auxiliar administrativa da escola, pensou que fosse um trote, mas Grandmère desligou antes de ela poder perguntar.

Em seguida, Grandmère saiu para vestir o rosto (como ela chama quando coloca maquiagem) e se arrumar.

Agora estamos aqui nessa loja, "montando o meu guarda-roupa" com a ajuda da *personal stylist* da Grandmère, que é, na verdade, só um nome chique para uma moça que trabalha na loja mas cuida apenas de uma pessoa: minha avó, e agora de mim.

A *personal stylist* da Grandmère, a Brigitte, é superlegal, principalmente porque permite cachorros na loja (Grandmère me deixou levar Bola de Neve, pois ela estava com Rommel), mas não sei como alguém pode achar que experimentar roupas por *mais de quatro horas* é divertido. Talvez alguém interessado em moda, como Annabelle Jenkins ou Sara, ache, mas eu não.

Embora Grandmère diga que moda é importante, porque comunica imediatamente aos outros o seu estilo (algo que eu ainda não tive a chance de cultivar, tendo sido forçada a usar uniforme por boa parte da vida) e até ajuda a elevar a autoestima.

Mas a minha autoestima não está muito elevada agora, porque, nas últimas duas horas, Brigitte me fez experimentar (e depois Grandmère comprou as peças):

- Dez pares de calças (de todos os tipos, de jeans até o que Brigitte chama de "casual despojada").

- Onze saias ("das soltas às justas").
- Trinta vestidos (de acordo com a minha avó, "Princesas precisam de muitos vestidos, afinal são sempre chamadas para ocasiões formais, sejam elas partidas de polo, bailes ou eventos beneficentes para chamar atenção para as calotas polares derretendo").
- Mais sapatos do que consigo contar, desde botas a moccasins e sapatilhas e o que Grandmère chama de "tênis de treino" (que depois descobri que é um tênis normal. Não sei o que ela acha que eu estaria treinando, além de para ser uma princesa).
- Calcinhas (vinte pares, que, felizmente, Brigitte NÃO me fez experimentar, embora Grandmère tenha falado por tanto tempo sobre a importância da "ventilação" e do "algodão" que eu quase quis morrer).

- Algumas coisas que Grandmère chamou de "peças alicerce", mas que por fim descobri serem sutiãs! A minha nova avó me fez experimentar sutiãs! Bem na frente dela! Como se eu tivesse alguma coisa para preenchê-los! Felizmente, Brigitte percebeu isso, então na verdade eram só do tipo que Nishi chama de "sutiãs esportivos" e Brigitte chama de "sutiãs de treino". Ainda assim, eu quis morrer de novo.
- Meias (vinte pares).
- Camisas de baixo (dez).
- Suéteres (dez – Grandmère disse que é sempre quente na Genovia, mas aparentemente vou aprender a esquiar).
- Blusas de manga comprida e camisetas (vinte. E Grandmère nem me deixou levar camisetas que tivessem qualquer coisa escrita nelas, tipo QUEM PEIDOU?, em strass, que eu achei que seria superdivertido, mas ela não).
- O que Grandmère chama de "agasalhos" – casacos e jaquetas.

- E, finalmente, "acessórios" – chapéus, luvas e bolsas, mas nenhuma joia porque, segundo Grandmère, "terei acesso à mais bela coleção de joias da coroa de toda a Europa".

Sinceramente, foi muita coisa e, depois de um tempo, eu queria gritar "PAREM!". Eu quase nem tenho roupas sem ser o uniforme da escola e meio que gosto que seja assim, porque às vezes muitas escolhas são confusas.

Então eu disse que precisava de um descanso e Brigitte me olhou com uma expressão preocupada, depois perguntou se eu queria água e eu disse que sim. Aí ela trouxe um copo numa bandeja de prata, e agora estou aqui bebendo água sozinha e escrevendo isso tudo.

Ter uma família própria e ser princesa é divertido e tal, mas algumas partes são extremamente cansativas, confusas e até um pouco vergonhosas.

Quinta-feira, 7 de maio, 15:45, limusine

< NishiGirl   **OlivGrace >**

> Oi, sou eu. Finalmente tenho o meu próprio telefone!

> Não acredito!!!! Estou tão animada por vc!!! Onde vc tá? Por q vc não foi à escola hoje? Todos estavam falando de vc!!!

> Hahaha! Fui fazer compras com a minha avó.

> ESSA NÃO É UMA FALTA JUSTIFICÁVEL!!!!!

< NishiGirl **OlivGrace >**

> Eu sei. Fiquei com medo de ganhar uma anotação.

Não podem te dar uma anotação. Vc é uma princesa!!!

> Foi o que a minha avó disse!

HAHAHAHAHAHAHAHA! Vimos vc no jornal ontem à noite! Vc tá em TODOS OS LUGARES!

> Argh, eu sei. Estão dizendo coisas horríveis. Nada daquilo é verdade.

Haha! Sei disso! Sua mãe q não queria q as pessoas soubessem.

> Como sabe disso???

Porque Annabelle disse isso ontem. Não se lembra?

Ah, certo. Esqueci. Muita coisa aconteceu desde ontem.

< NishiGirl   **OlivGrace >**

> E também pq a sua irmã acabou de explicar na TV.

> Explicou??? QUANDO???

> Agorinha. Como vc não soube? Vcs da realeza precisam se comunicar melhor.

> Sério?!? Estou com ela na limusine agora mesmo!

> Sério? Deve ter sido gravado. O q vc tá fazendo?

> Minha avó acabou de tentar me levar a um salão de beleza chique para uma transformação! Mas a princesa Mia descobriu e apareceu antes que pudessem fazer qualquer coisa além de alguns cachos.

> POR QUÊ????

> Ela disse que não preciso de uma transformação. Disse que sou bonita como eu sou.

< NishiGirl   **OlivGrace >**

> OWNNNN!!! É verdade.

>> Obrigada. Você também é bonita assim como você é.

> Obrigada, sei disso. Mas gostaria de uma transformação mesmo assim. Quero colocar um piercing no nariz e pintar o cabelo de roxo.

>> Você ficaria TÃO LINDA com um piercing no nariz e cabelo roxo. Mas a sua avó ia te matar.

> Imagino q a sua tb te mataria, principalmente considerando que ela é uma princesa e vc tb. Mas vc simplesmente teria que explicar que princesas podem ter piercing no nariz e cabelo roxo e ainda assim serem incríveis.

>> Verdade. Então o que as pessoas estão dizendo na escola?

‹ NishiGirl   **OlivGrace ›**

> Quase todo mundo tá falando como é legal vc ser uma princesa. Com exceção de Sara. Ela disse que vc é uma ingrata.

Ingrata? Por quê???

> Por tudo que o pai dela fez por vc.

Como é que é??? O que o pai dela fez por mim???

> Eu sei! Fiquei tipo, "Vc quer dizer não dar a ela um telefone ou um computador quando vc e o Justin têm um? Ou não levar a Olivia para passear em uma das Ferrari roubadas dele?"

Vc não disse isso!!!

> Disse sim!

E o que Sara disse???

< NishiGirl **OlivGrace >**

Não disse nada. Ficou tão zangada que se levantou e foi se sentar na mesa de Annabelle.

NÃÃÃÃÃÃÃOOOOO!

Sim! E Annabelle DEIXOU QUE ELA SE SENTASSE LÁ!

Ótimo. Então agora existe um mesa oficial para o grupo "Eu odeio a Olivia" na escola.

Ah, e vc liga? Vc é a princesa da Genovia!

Eu sei. Advinha? A minha irmã vai se casar no verão e me pediu para ser dama de honra no casamento real!

☺☺☺☺☺☺☺☺☺!!!!!

E advinha o que mais? Você também está convidada.

♡☺☺☺♡☺☺☺♡☺☺♡!!!!!!!

< NishiGirl   **OlivGrace >**

> E tem mais: o meu pai me chamou para morar com ele na Genovia!!!

X_X. ← Essa sou eu. Estou morta. Vc me matou de felicidade por vc.

> Nãããããããoooooo! Não morra! Preciso que vc me ajude! Você é a expert em princesas.

É verdade, sou mesmo. E é ótimo poder mandar msg pra vc sobre isso agora. Mas ainda assim vou sentir saudade!!!!

> Vou sentir saudade também! Mas o meu pai disse que você pode me visitar quando quiser! E a sua família também! Ele pode mandar o jato real te buscar, então é de graça!

♡☺♡☺♡☺♡☺♡☺♡☺♡!!!!!!!!!!

> Isso quer dizer que vc vai me ver, né?

< NishiGirl OlivGrace **>**

> É claro!!! Eu sempre quis ver como um palácio é por dentro. Um de verdade, não o da Bela e a Fera na Disney.

> Bom, agora você vai poder conhecer um. Nós DUAS vamos poder!

> Isso é tão INCRÍVEL! Vou perguntar para a minha mãe, mas tenho certeza de que ela vai deixar porque na Genovia não violam os direitos humanos e lá não tratam as mulheres como cidadãs de segunda classe (diferentemente de Qalif)!

> É, que alívio! Ops, preciso ir. Chegamos de volta ao hotel! Mando msg depois.

> Tb, VOSSA ALTEZA!!!

Quinta-feira, 7 de maio, 20h45, o meu antigo quarto, Cranbrook, Nova Jersey

Estou sentada no meu antigo quarto, chorando enquanto escrevo isso. Então, se vir alguma marca borrada na página, é por isso. Além disso, Bola de Neve fica tentando lamber as minhas lágrimas, então, se vir partes amassadas, são das patas dela.

Mas principalmente são lágrimas.

Estou chorando porque, quando voltamos para o hotel, algo horrível aconteceu.

Não foi culpa do meu pai. Ele fez o melhor que pôde.

Mas, às vezes, mesmo sendo uma princesa, as coisas não acontecem do jeito que você quer. Às vezes nem toda a força do pensamento, belas roupas e guarda-costas reais são capazes de te salvar.

Quando entrei na sala de estar com Grandmère e Mia, fiquei extremamente surpresa ao encontrar a tia Catherine e o tio Rick sentados lá com o meu pai.

Em algum lugar distante do meu cérebro, pensei que eles tinham vindo me dizer o quanto estavam felizes por eu ter finalmente me reunido com o meu pai e por eu ser uma princesa, no fim das contas.

Até que vi o pai de Annabelle, o Sr. Jenkins, sentado lá com eles. Então percebi que provavelmente não era por isso que estavam ali.

E eu estava certa.

O tio Rick se levantou e disse num tom muito frio:

– Finalmente. Aí está ela. Olivia, pegue as suas coisas, você vai para casa agora mesmo.

Nada de "Oi, Olivia, como você está?" ou "Nossa, Olivia, como é bom te ver". Apenas "Pegue as suas coisas, você vai para casa agora mesmo".

– Hum – respondi. – Sei que não fui à aula hoje, mas foi uma falta justificável. Grandmère telefonou e...

– Não importa – informou ele. – Vá buscar as suas coisas.

– Rick – disse tia Catherine, que parecia que ter chorado havia pouco. – Você precisa...?

Foi quando o meu tio a mandou calar a boca e disse que tudo tinha sido culpa dela mesmo por ter sido "estúpida o bastante" para me deixar sair de Cranbrook com a princesa Mia.

Então o meu pai se levantou e disse algo *bem* grosseiro para o tio Rick, por ele ter mandado a minha tia calar a boca, e a princesa Mia segurou a minha mão e falou:

– Vamos para outro cômodo. – Aí nós saímos em direção à varanda, e ela começou a apontar alguns pontos de referência no Central Park, de um jeito que pude perceber que na verdade ela não queria que eu ouvisse o que estava acontecendo lá dentro.

– Coloquei você em alguma encrenca? – perguntei a ela, nervosa.

– Você? – Ela pareceu surpresa. – É claro que não! É assunto de adultos. Não se preocupe com isso.

Odeio quando adultos dizem coisas assim, como se eu não fosse crescida o bastante para entender. Porque, obviamente, isso tinha a ver comigo e eu tinha direito de saber o que estava acontecendo.

– Mas por que o tio Rick está tão zangado? – questionei. – E por que o Sr. Jenkins está aqui? Achei que a tia Catherine tivesse entregado aquele papel com a autorização dizendo que não tinha problema eu vir com você para Nova York.

– Ela autorizou – respondeu Mia com um suspiro. – Mas as coisas se complicaram um pouco...

Então ela me contou algo que me deu vontade de vomitar tudo o que havíamos comido no almoço (em um restaurante que a minha avó tinha dito ser o favorito dela, o do *Four Seasons*, que em inglês significa quatro estações, então imaginei que eles serviriam comidas das diferentes estações, tipo melancia, torta de abóbora, cozido de carne e coelhos de chocolate da Páscoa, mas não tinha nada disso, o que foi uma decepção).

No fim das contas, parece que Nishi estava certa. Só que não eram apenas duas Ferrari.

Foram todas as viagens para Nova York das quais eu nunca participei. Os celulares, laptops e TVs de tela plana em todos os quartos menos no meu. Sem falar no carpete chique que teria sido destruído pelo bichinho de estimação que eu sempre quis ter e nunca deixaram.

Tudo aquilo. Eles roubaram tudo. De mim.

– Nada foi provado ainda – continuou Mia com cuidado. – A Guarda Real da Genovia ainda está investigando. Foi só quando você mencionou em uma das cartas para o papai que vocês estavam se mudando para Qalif que começamos a suspeitar. Mas estamos achando que os seus tios vêm usando o seu dinheiro para financiar o negócio deles, o que simplesmente não é certo e...

Naquele momento, algo aconteceu e eu senti como se finalmente tivesse entendido o que a Sra. Dakota vinha dizendo sobre perspectiva. Essa nova informação era como um ponto de fuga e, de repente, tudo o que eu sabia sobre a tia Catherine e o tio Rick ficava claro, e eu conseguia ver a verdade sobre eles. Não era uma verdade muito bonita. Era algo que eu tentava não encarar havia muito tempo.

– É por isso que eles me querem de volta, não é? – perguntei, olhando para a princesa Mia. – Eles não querem abrir mão do dinheiro que o papai manda todo mês.

– Não – disse ela, rapidamente. – Tenho certeza de que isso não é verdade. A sua tia ama você muito e...

Eu balancei a cabeça. Tia Catherine me amava? Talvez tenha tentado mostrar isso para os outros – ela me alimentava, me dava roupas e me deixava viver em uma casa que era bonita de se ver.

Mas, se me amava, por que nunca tinha me abraçado? Eu já tinha sido abraçada mais vezes em um dia morando com o meu pai e a minha irmã do que em todos os anos em que vivi com a tia Catherine. Sem falar que tinha comido mais glúten também.

Mas não mencionei essas coisas. Em vez disso, perguntei:

– Então por que trouxeram o Sr. Jenkins junto?

– Eles contrataram o Sr. Jenkins há alguns dias, quando começamos a questionar que direito tinham de levar você para Qalif – comentou ela.

Isso explicava muita coisa... tipo como Annabelle tinha ouvido o pai falando sobre eu ser uma princesa.

– Só que a sua tia ainda tem a sua guarda – disse Mia, olhando preocupada para as portas francesas –, então, se ela mudou de ideia e agora se recusa a deixar você ficar conosco, não há muito que possamos fazer... Pelo menos, não por enquanto. Mas prometo que o papai não vai descansar enquanto não conseguir a sua guarda permanente. Talvez só...

Não sei de onde veio, mas, de repente, uma voz que eu nunca tinha ouvido antes saiu de mim:

– Nãããããooooooo!

Eu corri da varanda e joguei os braços na cintura do meu pai, gritando:

– Eu não vou! Não vou voltar com eles para Nova Jersey!

O papai me abraçou, fazendo carinho nos meus cabelos recém-modelados, e se abaixou para sussurrar:

– Seja valente, Olivia. Pode demorar um pouco, mas vamos resolver isso tudo e fazer o que tem de ser feito.

Seja valente? Sempre esperam que princesas sejam valentes e, nos livros e nos filmes, tudo sempre acaba bem, mas é porque normalmente existem armas laser e magia envolvida.

Não existe magia no mundo real nem armas laser. E não importa quanta força de vontade a gente tenha, isso não funciona contra a lei, tipo quando alguém – como a minha tia – é a sua guardiã legal.

E quanto tempo pode ser esse "demorar um pouco"? Ninguém nunca diz.

A única coisa boa foi que, conforme fui abraçar Grandmère para me despedir, ela disse:

– Não se esqueça disso. – E me entregou Bola de Neve em uma coleira.

Eu já estava chorando, mas comecei a chorar DE VERDADE quando isso aconteceu.

– Mas, Grandmère – falei –, é a *sua* cachorra, não a minha!

– Não seja ridícula – respondeu ela. – É sua agora. Ela verdadeiramente te adora. Ficaria desolada sem você.

O tio Rick tentou explicar algo sobre a alergia dele, mas Grandmère lhe lançou um olhar que o fez calar a boca e ficar assim até estarmos no carro a caminho de Cranbrook, e, ainda assim, só falou para reclamar sobre o fato de achar que estávamos sendo seguidos.

Eu me virei para olhar, mas não consegui ver do que ele estava falando, e a tia Catherine disse a ele para parar de ser ridículo, porque tínhamos deixado o hotel pela porta dos fundos para evitar os repórteres na frente do prédio e ainda tínhamos andado quatro quarteirões até o carro, pois o tio Rick não quis pagar pelo estacionamento VIP. Além disso, eu tinha usado um dos gorros de esqui do meu pai para me disfarçar, então certamente ninguém tinha me reconhecido, e ela estava com dor de cabeça.

Então agora estou de volta ao meu antigo quarto, na minha antiga casa, e é como se tudo tivesse sido um sonho. A única prova que tenho de que algo aconteceu é que posso virar as páginas do caderno e ler o que escrevi (e desenhei). E, é claro, Bola de Neve, que está dormindo no meu colo.

Bom, também tem Sara, que fica passando no meu quarto para mostrar fotos minhas tiradas por paparazzi no celular dela (o tio Rick pegou o meu celular, argumentando que não é "seguro" eu ter um aparelho, porque não tenho prática e ele pode ser hackeado, então ficará com ele por enquanto).

Tudo o que Justin quer saber é como é andar de limusine.

– Bom – falei. – Pude beber refrigerante à vontade.

– Refrigerante engorda – comentou Justin.

– Você sabe bem, né? – respondi.

– Está me chamando de gordo? – perguntou ele.

– Sua cabeça é.

– Você se acha o máximo – disse ele. – Só porque é uma princesa.

– Não – retruquei. – Acho que sou o máximo porque sou.

– É melhor se ligar – avisou ele. – Ou amanhã vai se arrepender.

– É melhor você se ligar – retruquei. – Ou um dia vou te jogar no meu calabouço e nunca mais vai poder sair e só vão encontrar os seus ossos.

Ele não me pareceu muito assustado. Justin viu Bola de Neve lamber algumas das minhas lágrimas e disse:

– Cachorros têm mais germes na boca do que na bunda. – Então saiu.

Sei que é errado odiar as pessoas. Mas odeio o Justin.

Mas não odeio a Sara, porque ela elogiou o meu cabelo novo, que a princesa Mia tinha deixado Paolo – o embelezador de Grandmère – arrumar em cachos.

– É basicamente o seu cabelo de antes, só que mais organizado.

Talvez quando eu acordar amanhã, isso terá sido um pesadelo e estarei de volta ao quarto de hóspedes do Plaza Hotel.

Só que provavelmente não estarei.

Sexta-feira, 8 de maio, 9h00, aula de biologia

Não foi um pesadelo. Ainda estou em Cranbrook.

É tão estranho estar aqui. Todo mundo está olhando para mim.

Acho que não posso culpá-los, considerando o que aconteceu quando fui até o meu locker pela manhã.

É claro que a última pessoa que eu queria ver – Annabelle Jenkins – estava me esperando lá, com os olhos crepitando de maldade.

Pensei em me virar e ir embora da escola, mas, infelizmente, Nishi estava comigo. Ela deve ter notado o que eu estava pensando, pois pegou o meu braço e disse, num sussurro:

– Não se preocupe. Vai ficar tudo bem.

Só que *nada* estava bem.

– Ih, olha só quem veio visitar os pobres aqui em Cranbrook – começou Annabelle. – Vossa alteza, princesa Olivia da Genovia em pessoa.

Se todos *já* não estavam olhando para mim antes de Annabelle soltar aquela, agora estavam.

E depois disso só piorou, é claro.

– Escute, Annabelle – falei enquanto girava a combinação do cadeado. – Não podemos pelo menos tentar nos darmos bem?

– Isso tem alguma relação com a famosa diplomacia genoviana do seu pai? – perguntou ela, acidamente.

– Não. É uma pergunta sincera.

– Uma pergunta sincera – repetiu ela com uma risada, oferecendo um verdadeiro show para todos os seus amigos que estavam perto, assistindo. – Own, vejam a pincesinha e seu biito cabelo de pincesa.

Eu me lembrei do que a princesa Mia havia dito sobre o que responder quando alguém faz um elogio, então disse num tom gracioso:

– Ora, obrigada, Annabelle.

Ela parou de rir.

– Eu estava brincando, sua idiota. Seu cabelo tá horrível.

Agora ela estava sendo apenas ridícula. O meu cabelo estava lindo e até ela tinha que reconhecer isso.

– Qual é, Annabelle – disse Nishi, tentando ajudar. – Por que você precisa ser assim?

– Fique fora disso, Peishi – retrucou ela. – Isso é entre mim e a princesa.

– Annabelle – comecei. – Não quero brigar com você.

– Tarde demais – informou ela. – Eu e você. Depois da aula. E, até onde sei, a sua irmãzona Mia não vai estar por perto para salvar você dessa vez.

– Sinceramente, Annabelle – respondi um pouco cansada, porque muita coisa já tinha acontecido nas últimas 48 horas. – O que eu fiz para você?

– Ah, você sabe – afirmou ela, estreitando os olhos. – Não aja como se não soubesse.

– Não – falei. – Realmente não tenho ideia do que você está falando.

– *Sua princesa* – rosnou Annabelle –, você se acha melhor do que eu!

Então ela me empurrou – *com força* – em direção ao locker.

Pela segunda vez em uma semana, achei que fosse morrer...

...até que uma guarda-costas genoviana apareceu do nada, lançou Annabelle contra a parede e disse em um walkie-talkie:

– Temos uma situação no corredor A. Temos uma situação com a princesa no corredor A.

Tudo em que tive tempo de pensar foi "De onde *ela* surgiu?", então um *pelotão* da Guarda Real da Genovia apareceu e carregou uma Annabelle toda chorosa – e algemada! – para a sala do diretor Bushy.

– Mas eu não tive intenção! – lamentava Annabelle. – Não quis fazer nada daquilo! Eu e Olivia somos amigas. Pergunte para ela! Eu e Olivia somos *melhores* amigas! Estávamos só brincando e...

A guarda-costas olhou na minha direção com o seu longo rabo de cavalo balançando.

– Vocês são amigas?

Não pude deixar de me sentir um pouco mal pela Annabelle, afinal estava bem claro que o que Nishi tinha dito era verdade: ela era muito insegura. Pelas minhas pesquisas para ilustrar a vida selvagem, sei que os animais só são agressivos quando se sentem ameaçados (ou quando estão caçando uma presa para se alimentar).

E Annabelle parecia bem assustada por estar de algemas.

Mas, ao mesmo tempo, eu também tinha ficado assustada quando fui arremessada contra o locker!

Eu balancei a cabeça.

– Não – respondi. – Não somos amigas.

A guarda-costas assentiu.

– Foi o que pensei – disse ela, acenando com a cabeça para os seus colegas guarda-costas, que então levaram uma Annabelle soluçante embora.

Nishi me ajudou enquanto eu tentava encontrar todas as coisas que tinham caído do meu fichário na hora que Annabelle me empurrou.

– Uau – disse ela. – Isso provavelmente foi a coisa mais legal que já vi.

– O que acabou de acontecer? – Balancei a cabeça. – Não, não foi legal.

– Tudo bem – concordou Nishi. – Talvez o que Annabelle fez não tenha sido legal. Mas você não pode levar para o lado pessoal. Acho que isso vem junto com o combo de "ser princesa". Ou, pelo menos, ser princesa no mesmo colégio de Annabelle. Mas aqueles seguranças? *Aquilo* foi legal. De onde vieram? Achei que tivesse dito que os seus tios não fossem mais deixar você ser uma princesa.

– Eu sei – respondi. – Mas o tio Rick também disse ontem à noite que achava que tínhamos sido seguidos até em casa.

– Isso é totalmente coisa de espião da realeza! – Nishi olhou ao redor, animada. – Isso é tão legal! Queria muito ser uma princesa que está sendo espionada e protegida por um time maneiro de guarda-costas reais!

– É. – Apertei o fichário contra o peito. – Acho que parece melhor quando está acontecendo com outra pessoa do que quando está acontecendo com você.

Mas também realmente espero que os guarda-costas estejam por perto às três da tarde, que é quando Annabelle disse que atacaria novamente.

Sexta-feira, 8 de maio, 14h25, aula de estudos sociais

As pessoas estavam *brigando* para se sentarem ao meu lado no almoço. Não exatamente se batendo, mas empurrando umas às outras.

Assim como ter guarda-costas ninja que surgem do nada, isso soa melhor do que na verdade é. Eu só queria me sentar com as minhas amigas de sempre, tipo Nishi, Netta, Quetta e Beth Chandler.

Mas todas essas pessoas que normalmente NUNCA querem ficar perto da gente (tipo Justin e os amigos dele) ficaram se acotovelando à procura de espaço na nossa mesa!

Aí descobri que Justin estava VENDENDO INGRESSOS para que pessoas se sentassem perto de mim!

18 centímetros de espaço na mesa em que eu estava valiam cerca de OITO DÓLARES!

Ainda parece inacreditável que o meu primo postiço, que uma vez me disse para nunca nem falar com ele na escola, estivesse vendendo ingressos para que alguém se sentasse ao meu lado.

E é claro que ele nem pensou em me dar um centavo! Então não acho que deveria estar surpresa.

Ele é igualzinho ao pai.

Mas, tudo bem, porque o Dr. Bushy percebeu o que estava acontecendo (porque várias brigas estavam rolando pelos lugares, e Sabine, a minha guarda-costas pessoal – a de rabo de cavalo –, estava tendo que apartar as pessoas o tempo todo).

Se eu tivesse que classificar os melhores momentos da minha vida (até agora), seriam (nessa ordem):

1. Quando conheci o meu pai pela primeira vez.

2. Quando o meu pai me convidou para morar com ele na Genovia.

3. Quando a escola de artes ligou para me oferecer uma bolsa, porque eu tinha desenhado a tartaruga Tippy muito bem.

4. Quando Annabelle Jenkins estava prestes a me dar uma surra, e olhei para cima e vi a princesa Mia parada ao lado daquela limusine.

5. Quando o Dr. Bushy veio correndo hoje para segurar Justin pelo cangote, então disse "O que significa isso?" bem alto na frente de todos os que estavam na minha mesa, e o dinheiro começou a cair dos bolsos de Justin, e Beth Chandler gravou tudo em vídeo e disse que vai postar no canal da irmã dela no YouTube.

Aí o Justin foi mandado para a sala do Dr. Bushy. Foi *fantástico*.

Essa é a parte boa.

A parte ruim é que o pai de Annabelle Jenkins ameaçou processar a escola por assédio, então o Dr. Bushy a *liberou* da sua sala apenas com uma anotação.

Ele também falou que, "até essa questão estar resolvida", Sabine e o restante da Guarda Real da Genovia teriam que ficar a pelo menos 15 metros de Annabelle enquanto ela estivesse na escola.

Acho que o Dr. Bushy ainda está zangado porque Lars não o deixou tirar uma selfie comigo no estacionamento do colégio.

O que significa que, quando der três da tarde e eu tiver que ir até o pátio para pegar o ônibus para casa, terei que ser valente, como o meu pai disse, e torcer para que os meus punhos sejam mais rápidos que os de Annabelle.

Sexta-feira, 8 de maio, 15h45, meu quarto, em Cranbrook, Nova Jersey

Eles não foram.

Nem a vi vindo para cima de mim. Quando o punho de Annabelle me acertou entre os olhos, eu caí dura.

Enquanto fiquei lá piscando e olhando para o céu, pensando em como podia estar estrelado se ainda era dia, a primeira coisa que vi depois da expressão malvada de Annabelle foi a de Sabine. Ela estava debruçada sobre mim, dizendo:

– Princesa? Princesa Olivia? Quantos dedos têm aqui?

– Dois – respondi. A minha voz estava estranha.

Sabine concordou com a cabeça em um movimento tão brusco que fez o seu rabo de cavalo balançar. Então comentou:

– Você vai sobreviver. Vejo que precisamos melhorar as suas técnicas de autodefesa.

– Não me diga.

Ela sorriu – era a primeira vez que eu a via sorrindo –, depois se afastou ao informar pelo *headset*:

– A princesa vai ficar bem. Podem trazer os carros.

Em seguida o rosto do meu primo Justin surgiu.

– Você pode se levantar agora – avisou ele. – Annabelle já foi.

Só que eu descobri que me sentia muito melhor no chão. Fiquei onde estava, vendo as estrelas girando e girando acima da minha cabeça.

– Ela está sangrando! – Era uma voz familiar. Sra. Dakota, pensei. Fiquei me perguntando sobre quem ela estava falando. Quem estava sangrando?

– Um dos guardas foi buscar o kit de primeiros socorros. – Agora era Nishi. – Olivia, você consegue ficar de pé? Vamos lá, pessoal, ajudem.

Então Nishi, Beth Chandler e as gêmeas me levantaram. Depois que tudo parou de girar, vi que centenas de pessoas estavam ao redor, me olhando, inclusive a minha professora de artes, a Sra. Dakota. Ela pressionou um chumaço de lenço de papel que havia tirado da bolsa no meu nariz, que parecia estar escorrendo. E muito.

– Incline a cabeça para trás, Olivia – pediu ela gentilmente. – E belisque o nariz.

Inclinei a cabeça e dei um beliscão no nariz. As estrelas finalmente sumiram e o céu tinha voltado ao azul de sempre.

– Cara – começou Justin. – Que estratégia boa essa de ficar lá deitada, como se estivesse morta. Annabelle ficou tão assustada que saiu correndo. Os seus capangas a alcançaram na metade do quarteirão. Devem ter levado Annabelle para o juizado de menores, a essa altura.

– Não foi graças a você! – gritou Nishi para ele. – Você estava parado bem do lado! Por que não fez nada?

– A briga não era minha – argumentou Justin, parecendo genuinamente surpreso.

– Catherine vai te matar – comentou Sara, apontando para a minha blusa. – Você tá toda suja de sangue.

Olhei para a blusa. Que um dia tinha sido branca. Agora estava coberta de respingos vermelhos bem vivos.

– Ignore ela – orientou Nishi, lançando um olhar de reprovação para Sara. – Continue com a cabeça inclinada para trás, como a Sra. Dakota disse.

– Isso – repetiu a Sra. Dakota. – Seu nariz ainda está sangrando um pouco, Olivia.

Então era isso que estava escorrendo dele. Não era catarro, como eu tinha pensado, mas sangue.

– O que está havendo aqui? – Ouvi a voz do Dr. Bushy, que parecia um trovão, quando os portões da escola se abriram. – Por que vocês estão apenas parados olhando? Por que ninguém está dentro do ônibus?

– Use os olhos, Paul. – A Sra. Dakota se irritou. – O que *acha* que aconteceu?

Eu não podia mover a cabeça para olhar, porque a Sra. Dakota ainda estava segurando os lenços de papel no meu nariz, mas imaginei, pela mudança no tom da voz do Dr. Bushy, que ficou consideravelmente mais suave, que ele tinha percebido todo o sangue que havia na minha blusa.

– Nossa – comentou ele. – Foi a...?

– É claro que foi – respondeu a Sra. Dakota.

– Olivia – disse ele. – Hum, quer dizer, vossa alteza... posso apenas dizer... eu... hum... sinto muito. Nunca pensei que ela chegaria a fazer isso.

Eu me lembrei de tudo o que Mia, a minha avó, o meu pai e até mesmo Nishi haviam me ensinado sobre ser uma princesa. Princesas nunca são indelicadas e também não guardam rancor. Elas aceitam as desculpas quando estas são sinceras.

Então assenti para o Dr. Bushy – o mais graciosamente que pude enquanto beliscava meu nariz – e falei:

– Está tudo bem.

Não acho que eu tenha sofrido uma concussão nem nada do tipo: parecia mesmo que o Dr. Bushy estava aliviado e que a Sra. Dakota estava sorrindo para mim de um jeito orgulhoso, como se eu fosse a melhor aluna que ela já teve.

Bom, ela chegou a dizer hoje na aula de artes que eu havia progredido muito com a minha perspectiva.

– Hum, Olivia? – chamou Sara, parecendo nervosa. Acho que ela tinha começado a perceber que tinha escolhido a mesa errada no almoço. – Temos que ir. O ônibus está indo embora.

– Ônibus? – Sabine pareceu muito insultada. – A princesa Olivia *não* vai de ônibus.

Então ela me pegou pelo braço e começou a me afastar do grupo que estava do lado de fora da escola. Para a minha surpresa, vi que esperavam por mim não só três carros pretos – cada um com os vidros tingidos e bandeiras da Genovia em miniatura voando –, mas hordas de paparazzi. Os jornalistas estavam atrás de uma barricada de madeira que alguém havia erguido para mantê-los afastados da escola.

Mas isso não os impedia de usar as lentes.

Ótimo. Cada um deles provavelmente havia tirado fotos em close do meu nariz sendo esmagado por Annabelle Jenkins.

– Aqueles carros são para mim? – perguntei a Sabine, esperando que pudéssemos entrar em um deles e sair dali o mais rápido possível, antes que tirassem mais fotos constrangedoras.

— E para o seu time de seguranças — respondeu ela.

— Ah, que bom — falei.

Quando chegamos ao carro do meio e Sabine abriu a porta do passageiro para mim, virei-me para olhar a escola e percebi que todos do lado de fora continuavam me observando. Parecia ser uma boa oportunidade de usar mais uma das lições que a princesa Mia havia me ensinado.

"O sorriso e o aceno".

Embora o meu nariz estivesse me matando, não queria que aqueles repórteres pensassem que o que Annabelle tinha feito estava me incomodando. Então, ainda beliscando o nariz e segurando os lenços que a Sra. Dakota tinha me dado, preparei um grande "Sorriso e aceno" para todos, de modo que soubessem que não havia ressentimentos da minha parte.

Todos pareceram confusos por um instante, mas então alguns acenaram de volta (e tiraram fotos com os celulares, é claro).

Todos menos Nishi, que ainda parecia muito preocupada.

– Hum – falei para Sabine, em meio ao meu sorriso congelado. – Temos lugar para a minha amiga Nishi ir conosco?

– É claro – afirmou ela e depois informou isso no seu *headset*.

Foi assim que Nishi acabou indo de carro para casa comigo. Andar num sedan não chega aos pés de andar de limusine (não tem minibar ou luzes de boate), mas ainda assim é *bem mais* divertido do que andar de ônibus.

Nishi fez Sabine nos mostrar todas as coisas legais que a Guarda Real da Genovia tem nos carros, como um rádio da polícia e janelas à prova de bala (que não podem ser abaixadas, então quando Sabine nos deixou parar no drive-thru, porque eu disse que o meu nariz doía tanto que eu achava que eu e Nishi precisávamos dividir um milkshake de chocolate, ela teve que sair do carro para comprá-lo).

Nishi me fez pressionar um chumaço de algodão do kit de primeiros socorros contra o nariz durante todo o caminho para casa, até enquanto dividíamos o milkshake. Quando a deixamos em casa, ela não queria ir embora.

— Você tem *certeza* de que vai ficar bem? — perguntou ela antes de sair do carro.

— Sim — respondi.

— Bem, diga à sua tia para colocar gelo. Ou talvez para te levar ao médico — disse Nishi. — Não quer entrar comigo? Minha mãe pode levar você.

— Está tudo bem — avisei, com a voz ainda parecendo estranha, provavelmente porque continuava apertando o nariz. — Temos gelo. E tenho eles aqui caso eu precise ir ao médico.

Sabine olhou para Nishi do banco da frente.

— Posso garantir que temos tudo sob controle, Srta. Patel.

— Certo — disse Nishi, ainda parecendo preocupada. — Mas me ligue depois, Olivia.

— Vou ligar — garanti a ela.

Nishi entrou em casa, e a Guarda Real da Genovia me levou até a minha. Aí, assim que desci do carro, descobri que Justin e Sara tinham acabado de chegar também. O ônibus tinha levado tanto tempo quanto o sedan quatro portas à prova de balas que tinha parado para comprar milkshake e deixar a minha melhor amiga.

– Eca – comentou Sara ao me ver. – Você ainda está cheia de sangue.

– Nojento – concordou Justin.

Não sei quem ficou mais surpreso quando entramos na casa e vimos o meu pai e a princesa Mia sentados na sala de estar, conversando com os meus tios: eu ou o Justin e a Sara.

– Ah, Olivia, aí está você – disse a minha tia enquanto Bola de Neve corria para me cumprimentar com uma lambida. – Seu pai quer...

Foi nesse momento que Mia levantou tão rápido que a xícara de café que ela equilibrava em um pires sobre os joelhos caiu no chão e manchou para sempre o carpete branco da tia Catherine.

– Ah, meu Deus! – gritou Mia, correndo até mim e me segurando. – O que houve com você? De onde está saindo esse sangue?

– Olivia. – O meu pai estava ao lado dela, passando os dedos pelos meus braços, como se estivesse à procura de ossos quebrados. – Onde foi que machucou? Quem fez isso com você?

– Ela está bem – garantiu Sara aos adultos enquanto pegava um cookie sem glúten do prato na mesa de centro em frente ao pai e a madrasta. – Annabelle Jenkins deu um soco na cara dela. Só isso.

– Meu Deus – gritou Mia enquanto tentava tirar o algodão do meu nariz. Mas eu não estava deixando, porque não queria que caísse sangue no carpete branco da tia Catherine, que já estava de joelhos, tentando tirar a mancha de café que a princesa Mia havia deixado. – Por que a Guarda Real da Genovia não a impediu?

– O Dr. Bushy disse que precisavam ficar a pelo menos 15 metros dela – expliquei em meio ao chumaço de algodão. – O pai de Annabelle disse que processaria todo o distrito escolar de Cranbrook.

Sabine disse que ligou para Lars para avisar você, mas ele disse que você estava numa reunião. Eu não sabia que a reunião era *aqui*.

Tanto o meu pai quanto a minha irmã se viraram para lançar um olhar de acusação a Lars, que estava encostado na parede da sala de estar. Ele levantou a mão para tocar o receptor no seu ouvido.

– Vossa alteza disse que não gostaria de ser incomodada, princesa – lembrou ele, dando de ombros timidamente.

Pela expressão do meu pai, pude perceber que Lars estava encrencado.

Ainda assim, não conseguia me preocupar muito com ele. Não conseguia me preocupar muito com *nada*. Em vez disso, estava me sentindo esperançosa. O meu pai estava ali! O que isso queria dizer? Algo bom. Tinha que ser bom. Certo?

Só havia um porém: o tio Rick estava rindo do seu lugar no sofá. E isso não parecia bom.

– Jenkins. – Ele balançou a cabeça. – É preciso admitir: o cara é bom.

Parecia que o meu pai não concordava com o tio Rick.

– Minha nossa – comentou tia Catherine do carpete, suspirando enquanto ainda tentava tirar a mancha de café. – É aquele tipo de violência feminina pré-adolescente. Elas estão na idade em que começam a se afirmar.

– Algumas garotas, talvez – disse Justin com um sorriso irônico de onde estava, encostado à porta da cozinha, mordendo um cookie sem glúten também. – Não Olivia. Você devia ter visto. Ela foi derrubada como uma árvore.

– Você estava lá? – O meu pai se virou para encarar Justin.

– É claro – respondeu ele, parecendo surpreso. – Todo mundo estava lá. Milhares de fotógrafos. Todos eles tiraram fotos.

– Fotos? – O tio Rick não estava mais rindo.

– E você não fez nada para impedir isso? – gritou o meu pai para Justin.

– Bem, eu, hum... – Ele parecia assustado. – Sabe, a briga não era comigo.

– Então você simplesmente ficou lá parado e deixou Olivia levar um soco na cara? – rugiu o meu pai.

– Sinceramente, Phillipe. – O tio Rick se levantou e ficou ao lado do filho. – Não é culpa do meu filho que a sua filha não aguenta um...

– Ele acabou de dizer que estava lá, assistindo à coisa toda acontecer! – berrou o meu pai. – Que tipo de garoto deixa que a própria...

– Por favor! – gritou tia Catherine. – O que Justin deveria fazer? Ele tem asma!

– Levarei Olivia ao médico agora mesmo – interrompeu Mia num tom tão frio, que fiquei surpresa por não ter congelado a mancha de café que Bola de Neve estava cheirando.

– Ah, não precisa fazer isso – comentou a tia Catherine, parecendo constrangida. Embora eu não saiba pelo quê. – Tenho certeza de que nosso pediatra...

– Você deve notificar o seu pediatra de que o nosso médico, na Genovia, vai pedir a ficha médica de Olivia – informou Mia, segurando a minha mão. – Porque acredito que esse incidente prova, mais que adequadamente, o que estávamos discutindo mais cedo: esse não é um ambiente seguro, ou estável, para Olivia viver. Se discorda, pode entrar em contato com os *nossos* advogados. Certo, pai? Vamos, Olivia – disse ela. – Vamos buscar as suas coisas.

Ela começou a me puxar na direção do quarto, mas apesar do meu nariz continuar latejando, eu queria ver o que ia acontecer.

E foi isso: o meu pai parou de encarar Justin e o tio Rick, então disse:

– Sim. Sim, é claro, Mia. Você está certa. Vamos embora. – Ele se abaixou para pegar Bola de Neve.

– Não é um ambiente estável para... – A tia Catherine não parecia mais constrangida. Parecia chateada. – Depois de tudo que fizemos por ela!

– Acho que vai querer que o seu advogado veja os documentos naquelas pastas que deixei sobre a mesa de café, Catherine – avisou o papai, segurando com um dos braços uma Bola de Neve que não parava de se mexer –, antes de continuar se gabando sobre o que fez pela minha filha. Principalmente depois do que aconteceu com ela hoje.

– Mas... mas... Foi só uma briguinha – gaguejou ela. – Uma briguinha entre meninas! Não foi nada!

– É mesmo? – O tom de voz do meu pai era frio. – Porque, para mim, não parece nada. Na verdade, considerando o que sabemos agora sobre as suas finanças e as do seu marido, assim como os seus negócios com esse tal Jenkins, me parece muito *uma coisa* que vocês dois iriam preferir que deixássemos para lá em vez de levarmos para a justiça. Não estou certo?

Vi os meus tios trocarem um olhar que parecia concordar com o meu pai, mas também parecia cheio de vergonha e arrependimento.

Ainda assim, a tia Catherine não estava disposta a ceder, então disse:

– Mas fiz uma promessa para a minha irmã de que criaria a filha dela do modo mais *normal* possível...

– Normal... – começou o meu pai, gélido. – Ou *medíocre*?

Quando ele perguntou isso, o olhar da minha tia desviou para o chão... mas não para a mancha de café que Mia havia deixado. Era para os próprios pés. Eu a vi corar.

– Nós dois sabemos, Catherine – continuou ele –, que Elizabeth nunca iria querer que Olivia fosse criada para ser normal *ou* medíocre. Ela ia querer que a filha fosse criada para ser *ela mesma*, o que é bem diferente. E não é isso que está acontecendo por aqui, não é mesmo?

A tia Catherine levantou o olhar. Então, quando dei por mim, ela estava apertando os meus braços.

– Olivia – disse ela num tom choroso –, nós nunca quisemos que você se sentisse medíocre. Sei que não mimamos você, mas isso foi porque a minha irmã queria que você fosse criada como uma menina normal e que soubesse como é viver com gente comum. Ela não queria que você crescesse para ser uma princesa rica e esnobe, que só se preocupa com a aparência ou com estar nas capas das revistas. – Ela estreitou os olhos na direção da princesa Mia, que parecia ofendida. – Não é isso que você quer, é, Olivia?

– Não – gritei, horrorizada. – É claro que não!

A tia Catherine sorriu e afrouxou o aperto nos meus braços.

– Ah, graças a Deus – exclamou ela. – Fiquei preocupada!

– Quero ser uma princesa inteligente, corajosa e forte – declarei, me livrando dos braços dela –, que não julga as pessoas pela aparência e que se preocupa mais com seres humanos do que com coisas! E é por isso que quero morar com eles! – Apontei para o meu pai e para a minha irmã.

A tia Catherine parou de sorrir ao ouvir aquilo e olhou para o tio Rick, que parecia tão confuso quanto ela.

– Olivia – começou ela. – O que... o que você está falando? Eu me importo com você.

– Não, não se importa. Sei que não. Porque quando cheguei em casa, há pouco, papai e Mia correram para ver se eu estava bem. Mas *você* só se preocupou em tirar a mancha do seu maldito carpete. Então quero ir viver com pessoas que têm as prioridades certas, porque finalmente consegui ter uma outra perspectiva. Será que agora alguém pode me dar um pouco de gelo, por favor? O meu nariz está doendo de verdade.

Então, no momento, estou escrevendo isso enquanto seguro a pedra de gelo que Sabine trouxe no nariz, e ela e a princesa Mia estão arrumando as minhas coisas (não que eu tenha muita coisa para levar), e o meu pai está fazendo a tia Catherine assinar os papéis abrindo mão da minha guarda legal.

Em seguida, vamos entrar na limusine e sair de Cranbrook para sempre.

Mas antes Mia me prometeu que poderíamos fazer uma parada (assim que sairmos do médico que vai ver o meu nariz. Ela insiste nisso), em um lugar onde eu sempre quis ir:

No Cheesecake Factory.

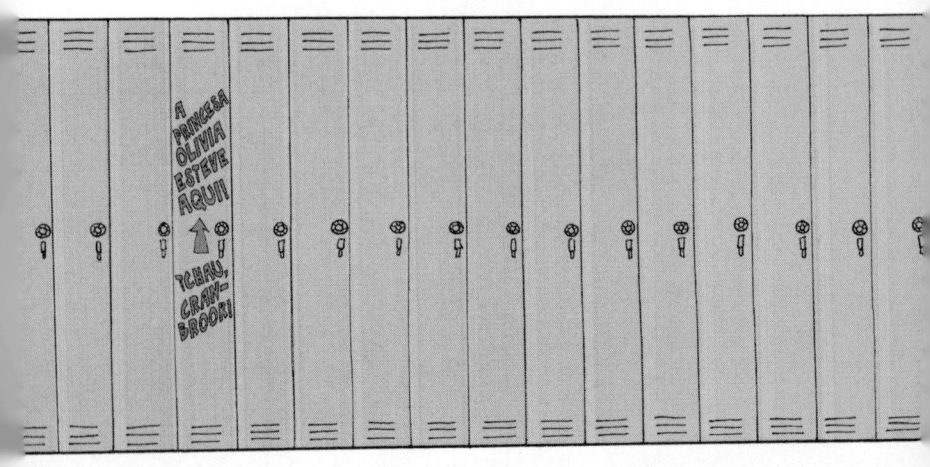

Sábado, 9 de maio, 15h25, em algum lugar sobre o oceano Atlântico

Estou escrevendo de dentro de um avião!

É a primeira vez que ando de avião na vida.

E não é um avião *qualquer* – é o Jato Real da Genovia, um avião particular, como os que a minha mãe costumava pilotar.

O meu pai disse que não tinha problema se eu quisesse ir na cabine do piloto para me sentar no lugar do copiloto. Ele me deixou usar o *headset* e falar com a torre de controle, depois o piloto me mostrou todos os controles e até me deixou pilotar um pouco (até

Grandmère mandar uma mensagem por uma das comissárias, informando que Rommel estava enjoado e que eu, por favor, parasse com aquilo).

Isso com certeza estará na lista dos melhores momentos da minha vida.

E adivinha? O meu nariz nem está mais doendo. Bem, a não ser quando encosto nele. O médico legal a que fomos disse que estava apenas machucado e não quebrado.

E agora a soberana cidade-estado da Genovia está processando o pai de Annabelle! O que vai ser uma mudança e tanto para o Sr. Jenkins, pois ele vai ser processado em vez de processar. O soco que a filha dele deu no meu nariz em frente à escola se transformou na notícia número um da mídia. Entre isso e a declaração da princesa Mia sobre ter sido escolha da minha falecida mãe que ficasse em segredo o fato de eu ser uma princesa, os jornalistas pararam de me fazer perguntas grosseiras.

Grandmère disse para eu não me acostumar. Segundo ela:

– Todo mundo adora um escândalo.

Eu falei a ela que vou me esforçar muito para não provocar nenhum.

Como eu poderia, de qualquer forma? Estou a caminho da minha nova casa, na Genovia, com a minha nova família e o meu novo cachorro, Bola de Neve. Como esse é um avião particular e as únicas pessoas aqui são o meu pai, Grandmère, Rommel, a minha irmã e o futuro marido dela, Michael (que é muito legal e disse que já podia ver que eu seria uma excelente tia no futuro), eu posso deixar Bola de Neve dormir no meu colo. Ela não precisa ficar na bolsa que transporta cachorros nem nada disso.

Ainda não consegui ver a Genovia da minha janela, mas vi o mar e a parte de cima das nuvens.

Eu nunca tinha estado acima das nuvens, só as tinha visto de lado e por baixo. Vê-las por cima é lindo, principalmente com o sol batendo nelas. Dá quase para acreditar que o paraíso deve ser assim e que os anjos estão escondidos atrás de todos os montinhos de branco, esperando que passemos (porque não podemos saber que eles existem até termos morrido).

E então, assim que a gente sair de vista, os anjinhos vão aparecer de novo e voltar a tocar harpa ou jogar pingue-pongue angélico ou o que quer que seja que eles fazem ao longo do dia.

Eu teria dado tchau pela janela para a minha mãe no céu, mas não quero que me vejam fazendo isso e perguntem para quem estou acenando, aí pensem que sou estranha porque estou dando tchau para o anjo da minha mãe.

Além do mais, não preciso acenar. Acho que ela já sabe que estou aqui. E tenho certeza de que está tão feliz por mim quanto eu estou.

Domingo, 1º de maio, 17h00, o meu quarto no palácio genoviano

Estou com muito sono agora por causa do que o meu pai disse que se chama "fuso horário", que são divisões na terra em que as zonas têm diferentes horários (na Genovia, estamos seis horas na frente de Nova Jersey, então acho que já passou há muito tempo da minha hora de dormir).

Mas eu precisava tirar um minuto para escrever que esse é o *palácio mais bonito que eu já vi*! Embora não tenha nenhum Cheesecake Factory na Genovia, eu obviamente fiz a escolha certa vindo para cá. E eles têm coisas que são tão boas quanto – se não melhores – que o Cheesecake Factory, como as cozinhas reais, onde posso pedir *o que eu quiser, quando quiser.*

Eu já pedi waffles e ovos com tiras de torradas para o café da manhã do dia seguinte. E também para o almoço.

A Genovia tem até um *cheiro* bom, bem melhor que Cranbrook. Há algumas flores desabrochando na sacada fora do meu quarto, que têm cheiro de laranjas.

E isso é porque *tem* laranjas crescendo aqui, nas árvores bem na frente da minha janela! Posso esticar a mão quando quiser e pegar uma para comer. DE GRAÇA. Não cobram pelas laranjas.

Nem por nenhuma outra coisa. *Tudo no palácio é de graça.* É tipo a limusine, só que muito maior, é claro.

Por acaso mencionei que o meu quarto é enorme e tem murais de nuvens e pássaros pintados nas paredes (que parecem bem reais, embora sejam bem velhos e não tenham sido feitos por nenhum ilustrador da vida selvagem) e que também tem a própria sacada que dá para a piscina do palácio?

Sim, temos a nossa própria piscina, que tem várias cascatas e fica de frente para o mar.

Eu sabia que a Genovia seria diferente de Cranbrook, é claro, mas eu não sabia *o quanto*. Já mandei uma mensagem para Nishi, avisando que ela vai *pirar* quando chegar aqui, porque esse lugar faz o castelo da Bela e a Fera, na Disney, parecer um lixão.

(Não que eu já tenha estado no castelo da Bela e a Fera, mas já estive em um lixão. Fui lá um monte de vezes com a tia Catherine e o tio Rick para jogar fora entulhos das obras).

Nishi ainda não me respondeu (provavelmente por causa da diferença de horário), mas os pais dela já disseram que ela pode ficar aqui durante as férias de verão INTEIRAS, inclusive para o casamento da minha irmã, no qual *nós duas* poderemos ser damas de honra.

EU MAL POSSO ESPERAR (ainda que a gente tenha que usar saias, mas Mia prometeu que não teriam pregas).

E tem mais:

A Genovia fica à beira-mar, mas não como a costa de Jersey. A Genovia foi construída entre penhascos no mar Mediterrâneo, que tem um tom de azul turquesa lindo, e a areia nas praias é bem branquinha, e tem uns iates imensos e restaurantes chiques e cassinos e, é claro, o PALÁCIO, que tem portões dourados enormes pelos quais podemos simplesmente passar porque MORAMOS LÁ.

Além disso, tem também guardas armados, que usam um uniforme azul e branco engraçado e que ficam do lado de fora dos portões, onde todos os turistas vão tirar fotos. Mia me disse para nunca rir deles porque eles arriscam as próprias vidas para proteger a gente – a família real. Posso respeitar isso.

E o meu pai me disse que as portas do palácio são feitas de madeira que tem quase mil anos, e no Grande Salão, há retratos dos nossos ancestrais de 1300 ou ainda mais antigos, e Grandmère disse que eu terei que "posar para um retrato também", porque agora faço "parte da linhagem da família".

O que me faz lembrar que esqueci totalmente de entregar o trabalho de biologia sobre "Quem sou eu?".

Mas acho que isso não importa, pois já fui aceita na Academia Real da Genovia. O meu pai disse que vou começar a estudar lá em breve, mas segundo ele:

– Não há pressa. É mais importante se ajustar primeiro ao novo fuso horário, assim como à sua nova família, é claro.

Quando ele disse isso, senti uma coisa estranha. No início não sabia o que era. Depois descobri:

Era felicidade. Família. Eu tenho uma família, uma família de verdade, pela primeira vez na vida.

Esse é o momento mais feliz da minha vida. Mais feliz até que o dia que a escola de arte ligou para dizer que eu havia sido aceita com bolsa integral por causa do meu desenho da tartaruga Tippy. Até mais feliz que quando o meu pai me chamou para morar com ele.

E não porque no fim das contas sou uma princesa e vou viver em um belo castelo à beira-mar, com laranjeiras em frente à minha janela e pássaros pintados nas paredes.

Não é porque vou poder ficar com Nishi o verão inteiro ou mesmo porque tenho uma cachorrinha que está dormindo no meu colo e ela é MINHA para sempre.

É porque finalmente tenho uma família que me ama.

E essa é a coisa menos chata, menos ordinária e mais especial e incrível de todas.

OBRIGADA POR LER ESTE LIVRO.

AOS AMIGOS QUE FIZERAM

Diário de uma princesa improvável

POSSÍVEL:

Jean Feiwel
publisher

Liz Szabla
editor-chefe

Rich Deas
diretor criativo sênior

Holly West
editor assistente

Dave Barrett
editor executivo

Nicole Liebowitz Moulaison
gerente de produção

Lauren A. Burniac
editor

Anna Roberto
editor assistente

Christine Barcellona
assistente administrativo

OBRAS DA AUTORA PUBLICADAS PELA EDITORA RECORD

Avalon High

Avalon High – A coroação: a profecia de Merlin

Cabeça de vento

Sendo Nikki

Na passarela

Como ser popular

Ela foi até o fim

A garota americana

Quase pronta

O garoto da casa ao lado

Garoto encontra garota

A noiva é tamanho 42

Todo garoto tem

Ídolo teen

Pegando fogo!

A rainha da fofoca

A rainha da fofoca em Nova York

A rainha da fofoca: fisgada

Sorte ou azar?

Tamanho 42 não é gorda

Tamanho 44 também não é gorda

Tamanho não importa

Tamanho 42 e pronta para arrasar

Liberte meu coração
Insaciável
Mordida

Série O Diário da Princesa
O diário da princesa
Princesa sob os refletores
Princesa apaixonada
Princesa à espera
Princesa de rosa-shocking
Princesa em treinamento
Princesa na balada
Princesa no limite
Princesa Mia
Princesa para sempre
Casamento Real

Lições de princesa
O presente da princesa

Série A Mediadora
A terra das sombras
O arcano nove
Reunião
A hora mais sombria
Assombrado

Crepúsculo
Lembrança

Série As leis de Allie Finkle para meninas
Dia da mudança
A garota nova
Melhores amigas para sempre?
Medo de palco
Garotas, glitter e a grande fraude

Série Desaparecidos
Quando cai o raio
Codinome Cassandra
Esconderijo perfeito
Santuário

Série Abandono
Abandono
Inferno
Despertar

Série Diário de uma princesa improvável
Diário de uma princesa improvável

Este livro foi composto nas tipologias ITC Esprit,
Futura LT Pro, Gotham Book, Hapole Pencil,
Helvetica Neue LT Std, Mountains of Christmas,
Roof Runners Active e Wingdings, e impresso em papel
off-white no Sistema Digital Instant Duplex da
Divisão Gráfica da Distribuidora Record.